KB078401

낭인천하

무림낭객(武林浪客)

백야 新무협 판타지 소설

FANTASTIC ORIENTAL HEROES

낭인천하 6

백야 新무협 판타지 소설

초판 1쇄 찍은 날 § 2013년 6월 27일
초판 1쇄 펴낸 날 § 2013년 7월 3일

지은이 § 백야
펴낸이 § 서경석

편집부장 § 권태완

펴낸곳 § 도서출판 청어람
등록번호 § 제1081-1-89호
등록일자 § 1999. 5. 31
어람번호 § 제2-2358호

주소 § 경기도 부천시 원미구 심곡2동 163-2 서경B/D 3F (우) 420-822
전화 § 032-656-4452 팩스 § 032-656-4453
http://www.chungeoram.com
E-mail § chungeorambook@daum.net

ISBN 978-89-251-3344-7 04810
ISBN 978-89-251-3103-0 (세트)

浪人天下

6

낭인천하

무림낭객(武林浪客)

백야 新무협 판타지 소설

FANTASTIC ORIENTAL HEROES

도서출판 청어람

浪人天下

낭인천하

第一章
폭풍전야(暴風前夜)

―쏴아아아!

점점 굵어지던 빗방울이 이내 강한 빗줄기로 바뀌어 퍼부어댔다. 바람은 세차게 불기 시작했다. 하늘은 더욱 어두워졌고 낮게 가라앉았다. 금방이라도 태풍이 휘몰아칠 것만 같은 날씨였다.

"비바람이라… 멋지군그래."

천수환비가 낄낄 웃으며 입을 열었다.

"한때는 서로를 믿고 자신의 등을 내주는 동료였다가 이제는 반드시 죽여야 하는 적이 된 이들의 싸움인 게야. 하늘도 우리의 운명이 기구하다고 여기는지 이런 멋진 광경을 만들어내는군그래."

1. 세 명의 중년인

천자산을 내려온 담우천과 자하의 앞길을 막은 이들은 세 명의 중년인이었다.

세 명 모두 별 다른 특징이 없는, 뚱뚱하지도 마르지도 않고 키가 크거나 작지도 않았으며 뛰어나게 잘 생기지도 못생기지도 않아서, 길 가다 마주쳐도 그 인상이 전혀 기억에 남지 않을 정도로 평범한 외모를 가지고 있었다.

하지만 담우천은 그들이 누구인지 잘 알고 있었다. 그럴 수밖에 없는 것이, 바로 이자들이야말로 십여 년 전 태극천 맹과 더불어 담우천과 동료들의 등에 비수를 꽂은 배신자들 중 세 명이었으니까.

중년인들이 피식 웃었다.

"운이 좋은 건가? 하필이면 우리가 있는 쪽으로 도망쳐 오다니."

"운이 나쁜 거야. 하필이면 이곳으로 온 걸 보면."

"어쨌거나 오랜만이군. 그러고 보니 십여 년 만이지?"

그렇게 중구난방으로 떠드는 중년인들의 이야기는 담우천의 귀에 들려오지 않았다.

"아니."

담우천은 그들을 노려보며 입을 열었다.

"운이 좋은 거다, 이렇게 너희들을 만난 건."

실로 오래간만에, 담우천은 진심으로 분노하고 있었다.

당연한 일이었다. 저들이 아니었다면 아무리 태극천맹이 함정을 팠다 하더라도 그렇게 쉽게 몰살당하지 않았을 테니까.

"그날 이후로 네놈들의 목을 따는 생각에 잠을 이루지 못한 적이 많았지."

그는 이글거리는 눈빛으로 중년인들을 바라보며 천천히 입을 열었다.

"그게 오늘이라니, 이거야말로 내 운이 하늘에 닿은 게 아닐까 싶다."

"훗. 그 동안 농담도 많이 늘었군, 행수(行帥)."

중년인들 중 가운데에 서 있던 자, 한때 비선에서 일격필살(一擊必殺)의 대명사로 알려졌던 뇌력신권(雷力神拳)이 비웃듯 말했다.

"하지만 여전히 재미는 없다구. 늘 이야기하지만 행수는 농담이랑 안 어울려."

"어쨌든 아주 오래간만에 만났는데 너무 살벌하게 말하지 말지그래. 그래도 한때는 서로의 등을 내줄 수 있는 사이였지 않은가?"

오른쪽에 서 있던 중년인이 소매에 양손을 감춘 채 그리 말했다.

천개의 손으로 뿌려대는 환상의 비수, 천수환비(千手幻匕)가 그의 별호였다.

그들은 평범한 외모들과는 달리 하나같이 가공할 별호를 지녔고 또 그에 걸맞은 실력들을 지녔다. 달리 비선의 동료들이 아닌 게다.

왼쪽의 중년인은 '침묵의 살인자'라는 별명으로 활약했던 묵혼살객(默魂殺客)이었다. 암살에 한해서라면 담우천보다도 뛰어난 자.

사실 비선의 동료들 모두 그러했다. 자신들의 주무기에 관해서는 다들 독보적인 실력을 지니고 있었다. 담우천이 검의 일인자인 것처럼 천수환비는 비수에 관해서, 그리고 뇌력신권은 권법의 달인이었다.

담우천은 그들에게서 시선을 떼지 않은 채, 업고 있던 자하를 천천히 내려놓았다. 자하는 꽤 피곤한 안색이었지만, 그래도 침착한 모습으로 담우천의 뒤에 섰다.

"절대로 내 등을 벗어나지 마."

담우천의 전음이 그녀의 귓전으로 흘러들어왔다. 자하는 고개를 끄덕였다.

그녀는 자신의 처지를 정확하게 파악하고 있었다. 담우천이 마음 놓고, 전력을 다해 싸울 수 없게 만드는 짐. 그게 지금의 자하였다.

하지만 어차피 짐이 된 이상, 조금이라도 가벼운 짐이 되자는 게 그녀의 생각이었다. 그게 가능할지는 모르겠지만 어쨌든 그가 자신에 대해서 덜 신경 쓰도록 최대한 안전하게 몸을 지키고 있어야 했다.

담우천은 자하를 내려놓은 후 가볍게 어깨를 으쓱거렸다.

사실 지금 그의 몸은 정상이 아니었다. 이틀 내내 자하를 업은 채 쉬지 않고 산길을 질주했던 까닭에 물 먹은 솜처럼 잔뜩 무거운 상태였다.

"어라, 비까지 오는군."

천수환비가 하늘을 힐끗 쳐다보며 말했다.

"그렇지. 하늘마저 분위기를 그럴 듯하게 만들어주는군 그래."

아닌 게 아니라 한 방울씩, 비가 내리기 시작하고 있었다.

뇌력신권이 양손을 쥐었다 폈다 하면서 앞으로 걸어 나왔다.

"분위기건 뭐건 간에 자, 빨리 끝내자구. 비에 젖는 것처럼 싫은 게 없으니까."

기이한 일이었다.

그가 양손을 쥐락펴락하자 소맷자락이 크게 부풀어 오르고 있었다.

돼지 오줌보에 잔뜩 바람을 집어넣고 꽉 묶은 것처럼, 구멍 난 소맷자락이 탱탱하게 부푼 것이다.

더불어 천수환비도 소매에서 손을 빼내고는 앞으로 천천히 걸음을 옮기며 손가락을 풀기 시작했다.

뇌력신권이 양손을 쥐락펴락하는 거나 천수환비가 손가락을 푸는 행동은 사실 삼류 무사들이나 할 법한 행동들이었지만 담우천은 결코 경시하지 않았다.

지금 저자들의 행동이 상대방이 허점을 보이도록 유도하는 거라는 사실 정도는 따로 되새기지 않아도 알 수 있었다.

당연한 일이다.

그는 저들의 실력을 누구보다 잘 알고 있는 인물이니까. 어렸을 적부터 약 이십여 년 동안 함께 동고동락했던 사이가 아니던가.

정사대전 당시에는 더없이 믿음직했던, 하지만 지금은 등골이 서늘할 정도의 두려움으로 다가오는 실력과 근성, 그리고 집요함이 그들에게 있다는 것을 담우천은 결코 잊지 않고 있었다.

저들에게 약간의 빈틈이라도 보여서는 안 되는 일이다. 독사와 같은 자들이었다. 미세한 틈을 발견하면 어떻게든 파고들어서 끝장을 보는 놈들이었다.

그래서였다.

복수심으로 활활 타오르는 불길 속에서도 차분하게 냉정을 유지하고 있는 것은. 그렇게 냉정함을 잃지 않아야만 놈들을 상대할 수 있기 때문이었다. 놈들 역시 비선의 특급 살수들이었으므로.

담우천은 품(品) 자(字)로 자신을 에워싸는 세 명을 묵묵히 지켜보았다. 뇌력신권을 중심으로 오른쪽에는 천수환비가, 왼쪽에는 묵혼살객이 이삼 장여의 거리까지 다가왔다.

검을 뻗어도 한참 떨어진 거리였지만, 지금 이들에게 있어서 이삼 장의 거리는 일반 사람들의 한 걸음 정도의 거리와 다를 바가 없었다. 잠깐 한눈을 파는 순간 어느새 저들은 담우천의 옆구리까지 다가와 살수를 펼치고 있으리라.

투투툭!

빗방울이 점점 굵어지기 시작했다.

더불어 하늘도 암회색으로 변하며 한껏 내려앉고 있었다. 바람도 점점 거칠어지고 있는 것이, 아무래도 지나가는 소나기는 아닌 모양이었다.

"이 천자산 일대는 날씨가 급격하게 변할 때가 많아서 종잡을 수가 없네."

천수환비가 문득 입을 열었다.

"게다가 바람이 유독 심한 까닭에 한번 비바람이 불어 닥치면 거의 태풍처럼 휘몰아치거든. 이런 날씨, 정말 마음에 들지 않나? 마치 지금 우리들을 상징하는 날씨 같아서 말이야."

"헛소리……."

그만 해라, 라고 담우천이 말을 하려던 순간이었다.

천수환비의 소매가 열리가 그 안에서 십여 개의 비수들이 섬전처럼 허공을 갈랐다. 엉뚱한 소리로 담우천의 정신을 사납게 만들고 그 틈을 노려 공격하는 수법. 바로 천수환비의 특기 중 하나였다.

바로 그 순간 담우천은 기다렸다는 듯이 자하를 안고 훌쩍 뒤로 몸을 날렸다.

그를 향해 쏜살처럼 날아들던 비수들이 어두워지는 허공 속으로 사라졌다.

놈들의 특징이 무엇이고 특기가 어떤 것인지, 그리고 어떤 무공을 사용하는지에 대해서, 그 모든 걸 알고 있는 담우천이었다. 그랬기에 조금 전 펼쳐졌던 천수환비의 기습에도 한 점의 당황 없이 가볍게 피할 수 있었던 것이다.

"역시… 행수네."

천수환비가 겸연쩍다는 듯이 웃으며 말했다.

"이런 기습, 좀처럼 실패하지 않는데 말이지."

"그러니까 애당초 기습 따위로 잡을 상대가 아니라고 했잖은가?"

뇌력신권이 인상을 찌푸리며 담우천을 향해 곧장 걸어왔다. 터벅터벅 걸어오는 그의 소맷자락은 여전히 팽팽하게 부풀어 오른 상태였다. 담우천은 자하를 뒤로 밀어내며 그와 마주 섰다.

뇌력신권이 이 장여 거리까지 다가온다 싶을 때였다. 언뜻 그의 신형이 흐릿해지는가 싶더니 바로 다음 순간 담우천의 면전 앞으로 다가와 일권(一拳)을 날리고 있었다.

벼락처럼 빠른 그 일격에는 뇌전의 힘이라도 실려 있는 듯, 우르릉! 하는 우레가 파공성을 대신하여 울려 퍼졌다.

그 가공할 속도와 기세에도 불구하고 담우천은 눈 하나 깜빡하지 않았다.

"뇌전섬폭권(雷電閃爆拳)이 이제 절정에 이르렀군."

그는 중얼거리며 손을 뻗었다.

어느 순간 섬전 같은 일검이, 저 뇌력신권이 뻗어낸 일권보다 더 빠르고 날카롭게 그의 목젖을 향해 파고들었다.

빛보다 빠르다는 쾌검, 무극섬사!

바로 그때였다.

뇌력신권 또한 기다렸다는 듯이 몸을 비틀며 왼팔을 들어 담우천의 손을 막았다.

스팟!

담우천의 검 끝이 그의 목덜미를 훑었다.

뇌력신권의 목에 핏방울이 맺혔다. 동시에 뇌력신권의, 한껏 부풀어 있던 왼팔 소매가 콰앙! 하는 굉음과 함께 폭발했다.

순간 담우천의 검은 산산조각이 났고 그의 손은 폭격이라도 당한 양, 피로 범벅이 되었다. 매캐한 화약 냄새와 뿌연 연기가 사방으로 흩어졌다.

2. 반격

'윽.'

담우천의 얼굴빛이 변했다.

예상 밖의 반격이었다. 알고 보니 뇌전섬폭권은 허초였던 것이다.

담우천의 무극섬사를 노리고 그 쾌검을 받아치기 위해서 준비해 둔 공격이었다. 담우천은 거기에 철저하게 당하고만 것이다.

그랬다.

담우천이 그들의 모든 것을 알고 있듯이 그들 또한 담우천에 대해서 모르는 게 없었다. 담우천의 필살기인 무극섬사가 어떤 상황에서 어떤 식으로 펼쳐지는지, 그들은 이미 수백 번이나 지켜보았다.

그런 그들이었기에 어떤 상황에서 무극섬사가 펼쳐지는지 잘 알고 있었고, 이번 폭발은 그걸 염두에 두고 미리 준비했던 함정이었다.

그게 정확하게 들어맞은 것이다.

뇌력신권이 담우천을 바라보며 피식 웃었다.

물론 그의 손 또한 멀쩡하지는 않았다. 내공으로 부풀어 올린 소매 안쪽에 화약을 매달고 있었으니, 아무리 보호구와 호신강기(護身罡氣)로 미리 대비하고 있었다고는 하지만 부상을 입지 않을 수가 없는 상황이었다.

"걱정이 되었거든."

그럼에도 불구하고 뇌력신권은 즐겁다는 듯이 웃으며 입을 열었다.

"갑자기 이놈의 비가 내리는 바람에 말이지. 행여 준비한 폭약이 터지지 않으면 어쩌나 싶어서."

그랬군.

담우천은 너덜너덜해진 손을 보며 고개를 끄덕였다. 왜 뇌력신권이 초조해했는지 그 이유를 알게 된 게다. 하지만 그게 지금에 와서 무슨 소용이 있는가. 그의 검은 박살 난 상태였고 더 이상 검법을 펼칠 수가 없게 되었는데.

사실 일정한 수준 이상의 수련을 쌓으면 자신의 애병(愛兵)이 없다 하더라도 어느 정도의 무공은 펼칠 수가 있었다. 검이 없어도 칼을 휘두를 수는 있었고 또 무기가 없다면 권각술을 펼칠 수도 있으니까.

그러나 그건 어디까지나 '어느 정도의 무공'에 불과했다. 평생 검법을 익힌 자가 맨 손으로 싸워서 이길 수 있는 자는 자신보다 서너 수는 아래인 하수들밖에 없었다.

지금 담우천은 애병을 잃은 상태, 반면 적들은 그에 비해 그리 뒤떨어지지 않는 고수들이었다. 단 한 번의 예상치 못한 공격으로 인해 담우천은 극도로 불리한 상황에 처하게 된 것이다.

쏴아아아!

점점 굵어지던 빗방울이 이내 강한 빗줄기로 바뀌어 퍼부어댔다. 바람은 세차게 불기 시작했다. 하늘은 더욱 어두워졌고 낮게 가라앉았다. 금방이라도 태풍이 휘몰아칠 것만 같은 날씨였다.

"비바람이라… 멋지군그래."

천수환비가 낄낄 웃으며 입을 열었다.

"한때는 서로를 믿고 자신의 등을 내주는 동료였다가 이제는 반드시 죽여야 하는 적이 된 이들의 싸움인 게야. 하늘도 우리의 운명이 기구하다고 여기는지 이런 멋진 광경을 만들어내는군그래."

"그렇다면 우리의 엇갈린 운명이 바람을 부르고 비를 부른 셈이 되는 건가?"

뇌력신군 또한 웃으며 말을 받았다.

반면 담우천의 표정은 여전히 침착했다. 그는 한 손으로 자하를 보호하면서 천천히 뒤로 물러났다. 그리고는 주변의 나뭇가지 하나를 꺾어들었다. 그걸 본 뇌력신권이 피식 웃으며 입을 열었다.

"회초리로 쓰려고? 이거 무서워서 어디 제대로 서 있을 수 있나?"

이미 화약을 소진했기 때문일까. 아니면 선기(先機)를 잡 았다고 생각한 것일까.

빗줄기가 거세지고 있는데도 불구하고 뇌력신권은 조금 전과는 달리 여유가 넘쳐흘렀다.

여유가 있기로는 다른 두 명 또한 마찬가지였다. 담우천 이 뒤로 물러나는 광경을 보면서도 그들은 다급하게 간격 을 좁히지 않았다.

그들은 천천히, 한 걸음씩, 마치 고양이가 쥐를 가지고 노는 것처럼 느긋한 걸음걸이로 다가와 간격을 고정시켰 다.

"하기야 전설의 검신(劍神)은 나뭇가지 하나만으로 수백 명의 적을 몰살시켰던 적이 있었지. 그러나 그건 어디까지 나 검신이기에 가능한 일이지 사실 행수 실력이 그 정도는 아니잖아? 우리 또한 허수아비도 아니고 말이야."

천수환비가 다시 소매로 손을 집어넣으며 말했다. 담우 천은 무표정한 얼굴로 대꾸했다.

"못된 놈들 종아리에는 이게 딱이다."

"호오, 우리 종아리라도 때리게?"

천수환비가 키득거렸다. 담우천은 계속 뒤로 물러나 나무를 등지고 섰다.

그와 나무 사이에는 자하가 잔뜩 긴장한 얼굴을 한 채 서 있었다. 담우천의 전음이 그녀의 귓전으로 스며들었다.

―지금부터 속으로 스물을 헤아린 후 곧 바로 바닥에 엎드려. 하나… 둘…….

자하는 담우천의 등을 보며 고개를 끄덕였다.

그리고 곧바로 담우천의 전음을 따라 수를 헤아리기 시작했다. 담우천 또한 같은 속도로 수를 세면서 두 걸음 정도 앞으로 나왔다.

'기회는 한 번밖에 없다.'

담우천은 정면의 뇌력신권을 바라보며 왼손을 내밀어 까닥거렸다.

"와라. 종아리 대신 등짝을 때려줄 테니. 마치 그때처럼 말이다."

"흐흐."

뇌력신권은 피식 웃었다. 하지만 그의 눈가에는 분노의 불길이 이글거렸다. 방금 담우천이 한 말이 뇌력신권의 감정을 뒤흔들어 놓은 것이다.

그들의 대화를 듣고 있던 천화비수와 묵혼살객의 눈동자에 의혹이 빛이 스며들었다.

자신들은 알지 못하는, 뇌력신권과 담우천만의 사건이 있었던 것일까. 도대체 무슨 사연이기에 단 한 마디 말로 인해 저렇게 뇌력신권이 호흡이 달라진 걸까.

그런 호기심이 깃든 얼굴로 그들은 뇌력신권을 바라보았다.

담우천은 나뭇가지를 가볍게 흔들며 말했다.

"이왕이면 무릎을 꿇고 개처럼 엎드린 상태에서 맞는 게 낫겠지? 그게 네가 제일 좋아하는…….''

"이 개자식!"

뇌력신권이 거칠게 욕설을 퍼부으며 앞으로 달려들었다. 그의 불끈 쥔 주먹이 쏟아지는 빗줄기를 꿰뚫으며 담우천의 얼굴을 향해 폭사되었다.

콰콰콰!

뇌력의 힘이 고스란히 실린 굉음이 그의 소맷자락에서 메아리쳤다.

그것은 담우천과 자하가 동시에 스물을 헤아리는 바로 그때의 일이었다.

'열아홉… 스물…….'

뇌력신권의 주먹이 담우천의 얼굴을 박살내듯 후려치려는 순간.

스슷!

담우천의 신형이 흐려지나 싶더니 그 자리에서 사라졌다. 동시에 자하는 바닥에 납작하게 엎드렸다.

　콰앙!

　뇌력신권의 주먹에서 발출된 경력이 담우천과 자하의 자리를 지나 그 뒤에 우뚝 서 있던 아름드리나무를 강타했다. 백여 년 이상 자란 거목이 그 한 주먹에 우지끈, 소리를 내며 부러졌다.

　"헉."

　뇌력신권의 입에서 짧은 신음이 튀어나온 건 바로 부러진 거목이 땅바닥에 엎드려 있는 자하의 위로 덮치듯 쓰러진, 바로 그때의 일이었다.

　둔형장신보로 뇌력신권의 뒤로 돌아간 담우천이 내뻗은 나뭇가지가 정확하게 뇌력신권의 뒷목에서 목젖을 관통하고 있었다.

　뇌력신권은 꼬치에 꿰인 물고기처럼 부들부들 경련을 일으켰다.

　그의 초점 없는 눈에는 아직도 분노와 증오의 불길이 사그라지지 않고 있었다.

　"누구에게나 역린(逆鱗)이 있는 법이지."

　담우천은 그런 뇌력신권의 귀에 가까이 입을 대고 중얼거렸다.

"그럼 지옥에서 만나자."

3. 기회

담우천은 나뭇가지를 잡아 빼며 뇌력신권을 앞으로 밀었다. 뇌력신권은 자신이 부러뜨린 고목처럼 힘없이 앞으로 고꾸라졌다.

그것은 순식간에 벌어진 일이었다. 천하의 뇌력신권이 단 한 번의 승부에 목숨을 잃었다. 그와 같은 고수들의 싸움에서 평정을 잃는다는 것이 얼마나 위험한 행동인지 여실히 증명되는 대목이라 할 수 있었다.

담우천은 검처럼 손목을 틀어 나뭇가지에 흠뻑 묻은 핏물을 떨쳐내면서 좌우의 중년인을 돌아보았다.

그 동안 천수환비와 묵혼살객은 단 한 걸음도 움직이지 못한 상황이었다.

사실 그들에게도 책임이 있었다.

담우천의 이야기에 괜한 호기심을 갖지 않았더라면, 뇌력신권이 움직일 때 함께 몸을 날렸더라면, 어쩌면 뇌력신권은 죽지 않았을지도 모른다. 외려 담우천을 궁지에 몰아넣었을 수도 있었다.

하지만 그들은 머뭇거렸다.

괜한 호기심이, 어린 시절부터 지금까지 뇌력신권과 함께 지냈던 그들조차 모르는 비밀이 있다는 게 그들의 발목을 붙잡은 것이다.

"비, 빌어먹을……."

천수환비가 뒤늦게 이를 갈며 소매에서 손을 꺼냈다. 손가락 사이마다 끼여 있는 비수들이 보이는가 싶더니, 이내 그는 양손을 교차하며 전력을 다해 비수들을 내던졌다.

스파파팟!

빗줄기를 가르고 짓쳐드는 비수들은 놀랍게도 그 궤적들이 모두 달랐다.

두 자루의 비수는 좌우 양쪽 손에서 일직선으로 뻗어 나와 담우천의 가슴을 파고들었다. 그리고 두 자루는 포물선을 높게 그리며 허공에서 내리꽂혔으며, 또 다른 비수들은 완만하거나 혹은 각도 깊은 사선을 그으며 예리하게 담우천의 전신을 향해 날아들고 있었다.

천변만화(千變萬化)의 경지를 보여주는 비도술(飛刀術)!

그것만 보자면 확실히 천수환비는 담우천이 일전에 마주쳤던 은월천사의 비도술보다 한 수 위의 실력을 지니고 있었다.

그러나 담우천은 이미 그 자리에서 벗어난 후였다. 천수환비의 손에서 비수가 발출되는 순간, 담우천은 둔형잠신보를 펼쳐 사각과 사각의 틈바구니 사이를 타고 이동하여 한순간에 자하의 곁으로 되돌아갔다.

동시에 그의 손에 들려져 있던 나뭇가지가 섬전처럼 빠르게 허공을 찔러갔다.

자하와 그리 떨어져 있지 않은 허공, 그 텅 빈 공간 속에서 나지막한 신음소리가 흘러나왔다.

"으음."

공간이 출렁이는가 싶더니 그 속에서 묵혼살객이 갑작스레 튀어나와 뒤로 물러섰다. 그의 목에는 희미한 자국이 묻어 있었다. 허공을 찔러갔던 담우천의 나뭇가지에서 묻어 나온 것이다.

"아쉽군."

자하를 가로막고 선 담우천을 바라보는 묵혼살객의 눈가에는 짙은 아쉬움이 흘러나왔다.

"좋은 기회였는데."

확실히 좋은 기회였다.

그리고 담우천이 천수환비와 싸우는 동안 자하를 손에 넣으려는 묵혼살객의 속셈은 거의 성공할 뻔했다. 만약 담우천이 그의 개공잠신술법(開空潛身術法)에 대해서 알지 못했다면 당연히 지금쯤 자하의 생사는 묵혼살객의 손아귀에 놓여 있었을 것이다.

공간을 열고 그 속에 몸을 감춘다는 술법. 묵혼살객이 비선 제일의 암살자가 될 수 있었던 비기(秘技)가 바로 그 개공잠신술법이었다.

담우천은 사람 인(人) 형태로 부서진 나무 사이에 웅크리고 있는 자하를 막아선 채 묵혼살객을 노려보며 입을 열었다.

"그 동안 꽤 치사해졌군."

"뭔 소리야? 적의 약점을 노리는 게 치사한 일인가? 그렇게 배우지는 않았잖아, 우리들."

천수환비가 담우천의 반대쪽으로 돌아가며 말했다. 담우천은 뒤로 손을 내밀어 자하를 끌어당겼다.

자하는 서두르지 않고 그의 손을 잡으며 부러진 나무 사이에서 벗어났다.

꽤 긴박하고 불안하기 그지없는 상황이었지만 여전히 그녀의 얼굴은 침착했다. 그만큼 남편 담우천을 믿고 있는 것이리라.

쏴아아아!

빗줄기는 더욱 거세졌다. 바람마저 세차게 불어서 흩뿌려지는 빗줄기로 인해 시야가 제대로 확보되지 않을 정도로 거친 날씨였다.

단 일격으로 뇌력신권을 해치운 담우천이었지만 그는 여

전히 긴장의 끈을 늦추지 않았다. 동료가 죽은 걸 본 놈들은 이제 더 이상 여유를 부리지 않을 테니까. 전력을 다해 담우천을 죽이려고 들 게 분명하니까.

게다가 담우천에게는 여전히 자하라는 짐이 있었다. 놈들을 죽인다 하더라도 자하를 잃게 되면 아무 소용이 없는 게다.

그러니 반드시 자하를 살린 상태에서 놈들을 죽여야 했다. 꽤 벅찬 일이기는 했지만 담우천의 표정 또한 침착하기 이를 데가 없었다.

그는 자하를 보호하면서 천천히 옆으로 움직였다. 천수환비와 묵혼살객을 자신의 시야에 잡아두려는 것이다.

하지만 놈들 또한 가만있지 않았다. 묵혼살객이 담우천의 정면으로 돌아서고 천수환비가 그의 등 뒤를 노리고 움직였다.

그렇게 세 명이 빙빙 원을 그리며 계속 움직이고 있는 가운데 시간은 초조하게 흘러가고 있었다.

문득 담우천의 눈썹이 꿈틀거렸다. 우박만큼 굵은 빗물이 눈썹을 타고 흘러내렸다.

'이렇게 시간을 끌다가 놈들의 후원군이 온다면……'

가뜩이나 불리한 상황, 더 시간을 내준다면 그로써도 어쩌지 못할 처지가 될 수 있었다. 그러니 최대한 빨리 끝을 봐야 했다.

반면 천수환비나 묵혼살객은 조금 전과는 달리 기습을 펼치지 않고 있었다.

그들 또한 담우천이 떠올린 것과 똑같은 생각을 하고 있을 것이다.

시간만 벌면 된다. 중원군이 올 때까지 기다리면 담우천을 잡을 수 있다.

그래서일 게다, 지금 저렇게 거리만 유지한 채 담우천의 정면과 후면으로 슬슬 이동하는 것은. 즉 담우천이 도망가지 못하도록, 또한 기습 공격을 펼치지 못하도록 제어하는 게 지금 그들의 목적인 것이리라.

담우천이 전음을 펼친 건 그때였다.

―내 목을 붙들어. 떨어지지 않게.

자하의 눈빛이 반짝였다. 동시에 그녀는 담우천의 목을 끌어안고 두 다리로 허리를 감쌌다.

그렇게 어인아이 등에 업듯 자하를 업은 담우천은 곧장 지면을 박차고 앞으로 튀어나갔다.

일순 그의 신형이 폭주하듯 달려 나갔다. 극한에 이른 폭광질주섭의 놀라운 속도! 묵혼살객과 떨어져 있던 삼사 장의 거리가 단번에 좁혀졌다.

"그렇게 나올 줄 알았다."

묵혼살객은 담우천이 짓쳐드는 걸 지켜보면서 훌쩍 뒤로 몸을 날려서 다시 거리를 뒀다. 반면 뒤쪽의 천수환비는 담우천을 향해 도약하면서 그의 등에 매달려 있는 자하를 노리고 비수를 뿌렸다.

　바로 그때였다.

　묵혼살객을 향해 질풍처럼 달려들던 담우천이 그 자리에 우뚝 멈췄다.

　그의 머리카락은 산발이 되어 앞으로 휘날렸고 그의 얼굴에는 굵은 힘줄들이 지렁이처럼 새겨졌다.

　미친 듯 질주하던 기세를 감당하지 못한 자하는 담우천의 등에 쿵! 하고 얼굴을 부딪쳤다. 온몸의 살과 내장들이 앞쪽으로 쏠려나가는 것만 같았다.

　그 충격이 가시기도 전에 담우천은 허공으로 몸을 솟구치면서 뒤로 공중제비를 돌았다.

　그를 향해 비수를 날리려던 천수환비의 휘둥그레진 두 눈이 담우천의 시야에 들어왔다.

　"가라!"

　담우천은 섬전처럼 손을 뻗었다. 그의 손에 들려있던 나뭇가지가 한 자루의 검처럼 천수환비의 목젖을 파고들었다. 천수환비의 얼굴에 공포의 기색이 스며들었다. 전혀 예상하지 못한 역습인 것이다.

"이런 개자식!"

천수환비는 욕설을 퍼부으며 황급히 몸을 뒤로 꺾었다.

전력을 다해 달려가던 상황에서 갑자기 몸을 뒤로 젖히며 물러나는 것이다.

당연히 몸이 성할 리가 없었다. 그의 관절과 뼈와 근육들이 마구 뒤엉키고 부러지는 듯했다.

천수환비는 이를 악물며 고통을 참고는 그대로 땅을 뒹굴며 몸을 피했다. 다행이었다. 그 순간적인 임기응변이 그의 목숨을 구해냈다.

반면 담우천은 그의 신형 위를 훌쩍 날아서 땅에 착지, 그대로 폭광질주섬의 신법을 펼쳤다.

천수환비를 뛰어넘은 그의 앞을 가로막는 것은 아무것도 없었다.

바로 그것이야말로 담우천이 이곳을 벗어날 기회이자 노리고 있던 순간이었다.

폭광질주섬을 펼친 담우천은 빗줄기를 꿰뚫고 전력으로 질주했다. 그의 모습은 이내 폭우 속으로 사라졌다.

"젠장!"

천수환비는 다시 한 번 욕설을 퍼부으며 몸을 일으켰다. 온몸이 산산조각 난 듯했다.

사실 그가 취한 행동은 담우천과 별반 다르지가 않았다.

전면을 향해 전력으로 달리다가 급격하게 멈춰선 후 뒤로 몸을 날려 피하는 움직임.

하지만 그러한 움직임 직후 곧 바로 또 다시 폭광질주섬을 펼쳐 이곳을 벗어난 담우천과는 달리, 천수환비는 쉽게 몸을 움직이지 못했다. 제자리를 이탈한 것 같은 관절과 뼈와 근육들이 다시 원상 복귀할 때까지 천수환비는 잠시 숨을 가다듬어야만 했다.

바로 그것이 담우천과 천수환비 간의 실력 차이인 것이리라. 또 그걸 제대로 파악했기 때문에 지금 그는 거친 욕설을 퍼붓고 있는 것이리라.

"개자식! 꽁지를 말고 도망치다니! 네놈에게는 자존심이라는 것도 없더냐!"

그는 미친 듯 퍼붓고 있는 폭우 저편을 노려보며 크게 소리쳤다. 목이 터져라 외친 고함이었지만 세찬 바람과 폭우는 이내 그의 목소리를 집어 삼켰다.

"됐네."

묵혼살객이 다가와 천수환비를 진정시켰다.

"놈은 천자산 쪽으로 도주했네. 비록 놈을 죽이지는 못했지만 그것만으로 충분하다고 할 수 있네. 놈을 또 다시 천라지망 속으로 뛰어들게 만들었으니까 말이지."

"성에 차지 않아!"

천수환비는 검붉은 선혈 한 무더기를 가래침처럼 내뱉었
다. 그리고는 담우천이 도주한 방향을 노려보며 이를 갈 듯
말했다.

"계집년이라는 짐이 있는데다가 검까지 없는 놈에게 뇌
력신권을 잃었어. 게다가 그 상태로 놈은 우리를 비웃듯 도
주까지 했네. 그런데 됐다구? 웃기지 마라. 반드시 내 손으
로 놈을 죽이기 전까지는 절대로 된 게 아니니까."

천수환비는 주먹을 불끈 쥐고는 곧장 담우천이 사라진
곳을 향해 몸을 날렸다.

"나이가 들어도 여전하군, 저 성격은."

묵혼살객은 한숨을 쉬었다. 그리고는 내공을 운기하여
길게 휘파람을 불었다.

삐이이익!

맹렬하게 퍼붓는 빗줄기와 거친 맹수처럼 광란하는 바람
을 뚫고 그 휘파람소리는 길게 뻗어나갔다. 그리고 그 휘파
람 소리는 이 천자산 일대에 내려앉은 먹장구름처럼 촘촘
하게 빼곡하게 채워진 그의 동료들에게 전달되었다.

삐이이익!

삐이이익!

휘파람소리는 호각소리로 변해서 멀리서, 마치 산울림처
럼 연달아 이어지고 있었다.

묵혼살객은 잠시 그 호각소리에 귀를 기울이다가 고개를
끄덕인 후 몸을 날렸다.

조금 전 담우천이 사라졌던, 그리고 천수환비가 그 뒤를
쫓았던 바로 그 방향이었다.

第二章
출이반이(出爾反爾)

육체적 고통과 상처는 시간이 지나면 아물게 마련이다. 그러나 정신적 고통과 상처는 달랐다. 잊을 것 같으면 떠오르고 지워진 듯 싶으면 되살아나는 게 정신적인 충격이었다.

밤새 잠의 고갯마루를 애써 오를 때 문득 발작적으로 떠오르는 영상, 그때의 공포, 그 순간의 감정들이 숨이 턱 하니 멎게 만들 정도의 충격을 가져다준다.

1. 삼매진화(三昧眞火)

쏴아아아!
비바람은 미친 듯이 몰아쳤다.
콰르릉— 쾅쾅!
천지를 갈기갈기 찢을 것처럼 천둥과 번개가 작렬했다.
　담우천은 자하를 안은 채 정신없이 내달리고 있었다. 더욱 굵어진 빗줄기가 수백 발의 화살처럼 온몸을 때렸다. 맞부딪쳐 오는 바람 때문에 숨을 쉴 수가 없었고 물에 빠진 것처럼 흠뻑 젖은 옷은 몸에 찰싹 달라붙어 움직임을 방해했다.

쉭쉭!

나뭇가지와 주변 풍경들이 거친 소리를 내며 앞으로 다가왔다가 뒤로 사라지고 있었다.

자하는 두 손과 발에 힘을 꽉 준채로 담우천의 등에 매달려 있었다.

시간이 흐를수록 그녀의 손아귀와 허벅지의 힘이 빠져나가서 그렇게 매달려 있기조차 힘들 지경이었다.

게다가 그녀의 얼굴을 타고 흘러내리는 빗줄기와 함께 핏물이 뚝뚝 떨어졌다.

조금 전 담우천의 등에 부딪치면서 터진 코피가 쉽게 지혈이 되지 않는 것이다.

그러나 자하는 약한 소리 한 마디도 하지 않았다. 행여 담우천에게 방해가 될까 봐 그녀는 입을 꼭 다문 채, 그의 등에 얼굴을 파묻었다.

담우천이 발을 움직일 때마다 그의 발밑에서는 철떡! 하며 물장구치는 소리가 일었다.

약간의 시간차를 두고 울려 퍼지던 그 소리가 연달아 이어지기 시작한 것은, 천수환비와 묵혼살객의 협공에서 벗어난 지 약 반 시진 정도 흐른 뒤였다.

철떡, 철떡.

게다가 경쾌하게 울리던 그 소리가 마침내 질떡하게 들

리기 시작했다.

이제는 더 이상, 한 걸음에 삼사 장을 도약하던 질주가 아니었다. 체력이 떨어지고 내력이 고갈된 지금에서는 한 걸음, 한 걸음 발을 떼기조차 힘들게 된 것이다.

"몸을 피할 곳을 찾아야겠다."

담우천은 가쁜 숨을 몰아쉬면서 중얼거리듯 말했다.

"내려줘요."

자하가 속삭이듯 말했다. 하지만 담우천은 그녀를 내려 놓지 않았다.

외려 그녀의 엉덩이를 안고 있는 두 손에 더욱 힘을 주면 서 말했다.

"괜찮다, 아직은."

그는 주변을 둘러보았다.

깊은 산중. 제대로 방향을 잡지 않고 마구 달린 까닭에, 그리고 낮게 드리워진 먹장구름 때문에 어디가 어디인지 갈피를 잡을 수가 없었다.

문득 자하가 오들오들 떠는 게 담우천의 등 전체를 통해 전달되었다.

추울 것이다. 얇은 옷 한 벌로 이 억수처럼 퍼붓는 빗줄 기와 바람을 견디기는 힘들 테다. 쉴 곳이, 비를 피할 곳이 필요하다.

담우천은 얼굴을 타고 흘러내리는 빗물들이 눈에 들어오지 않게끔 연신 눈을 깜빡이며 주변을 훑어보았다. 그 와중에도 그는 결코 발을 움직이는 걸 멈추지 않았다.

발을 질질 끌고 있기 때문일까, 철퍽거리는 물장구 소리는 더 이상 들려오지 않았다.

우르릉!

맹수가 울부짖는 듯한 천둥소리가 들려왔다. 곧이어 번쩍! 하면서 세상이 밝아졌다. 마치 눈앞에 번개가 떨어진 것 같은 섬광이 일었다.

순간 맞은 편 언덕배기, 넝쿨들이 뒤엉켜있고 수풀들이 우거진 곳에서 두 가닥 노란 빛이 흘러나오는 게 보였다. 담우천의 눈빛이 예리하게 빛났다. 그는 서둘러 그곳으로 향해 움직였다.

누린내가 희미하게 느껴졌다. 맹수의 냄새.

담우천이 가까이 다가가자 그 수풀 안쪽의 공간에서 위협하듯 낮게 으르렁거리는 소리가 들려왔다.

담우천의 짐작이 맞았다.

수풀과 넝쿨로 가려진 뒤쪽에 동굴이 있었고 그 동굴 안에 비를 피하는 맹수가 있었다. 방금 전에 본 노란 불빛은 바로 그 맹수의 눈빛인 것이다.

담우천은 거침없이 수풀을 헤치고 안으로 들어섰다. 일

순, 카아앙! 하는 포효와 함께 거대한 앞발이 담우천을 향해 휘둘러왔다.

젊은 곰이었다, 그것은.

구척 가량의, 갓 어린 티를 벗어난 곰이었지만 그래도 담우천보다 머리 두 개 정도는 큰 놈이었다. 비를 피하기 위해 제 은신처에 머물고 있던 놈은 담우천이 아무런 허락 없이 들어서자 이게 웬 떡이냐 싶었을 게다.

놈은 다짜고짜 앞발을 휘둘러 담우천의 안면을 강타했다. 그를 즉사시킨 다음 가슴을 열고 심장부터 먹어치울 요량인 셈이었다.

하지만 담우천은 둔형장신보를 이용, 곰과 동굴 벽 사이로 파고들어 재빨리 곰의 뒤쪽으로 돌아섰다.

회심의 일격이 무산됨으로 인해 잔뜩 화가 난 곰이 으르렁거리며 뒤로 돌아서는 순간, 담우천은 들고 있던 나뭇가지로 곰의 정수리부터 가랑이까지 한 번에 내리그었다.

쩌억! 하는 소리와 함께 그 거대한 체구의 곰이 반으로 쪼개졌다. 피와 살점과 내장들이 사방으로 튀었다.

"못 쓰게 되었군."

담우천은 자신의 내력을 감당할 수 없게 된 나머지 산산이 부서진 나뭇가지를 버리며 중얼거렸다.

사실 시전자의 내공을 감당하기에는 검의 강도가 턱없이

부족한 나머지 산산 조각 부서지는 경우도 왕왕 있었다. 바로 그런 점이 고수가 될수록 되도록 좋은 검을 찾고 명검을 원하는 이유 중의 하나였다.

하지만 어느 경지를 넘어서는 고수라면 검에 자신의 모든 진기를 부어넣으면서도 검이 온전할 수 있도록 제어하는 능력을 발휘하게 된다.

심지어 나뭇가지의 경우에도 그러했다.

저 옛날 검신은 나뭇가지 하나로 수백 명의 적을 몰살시킨 후 그 나뭇가지를 다시 땅에 심자, 거기에서 새로 가지가 뻗고 잎이 나서 이윽고 거대한 나무가 되었다지 않던가.

그런 면에서 보자면 담우천은 아직 멀었다. 그가 추구하는 경지에 도달하기 위해서는 여전히 끝없는 수련이 필요했다.

그러나 그건 나중에 생각할 일이었다. 검도 나뭇가지도 없으니 막막하기만 했다. 당장 이 곰의 시신조차 제대로 처리할 방법이 없었다.

그때였다.

"이거 쓰세요."

자하가 조그마한 비수 하나를 앞으로 내밀었다. 담우천은 비수를 받아들며 물었다.

"어디에서 난 거지?"

자하는 그의 등에서 내려오며 대답했다.

"나무 밑에 웅크리고 있을 때 바로 근처로 날아든 비수에요."

천수환비가 날린 비수 중 하나가 자하가 몸을 숨긴 나무에 박혔다는 게다.

그녀는 혹시 몰라서 그걸 주워 품에 넣었다는 것이다. 혹시 몰라서.

"혹시 몰라서?"

담우천이 묻자 그녀는 희미하게 웃으며 고개를 흔들었다.

"아니에요, 아무것도."

담우천은 그녀를 물끄러미 바라보았다.

무슨 의미인지 알 것 같았다. 아마도 최악의 경우를 생각했을 것이다.

담우천이 죽고 그녀가 다시 사로잡히게 되는 상황을 가정했다면… 확실히 제 목을 그을 수 있는 칼이 필요하기는 했다. 두 번 다시 저들에게 잡히고 싶지 않았을 테니까.

담우천은 몸을 돌리며 말했다.

"안쪽에서 쉬고 있게. 젖은 옷은 다 벗고."

그는 두 조각난 곰의 시신을 가지고 동굴 밖으로 걸어 나갔다. 세차게 쏟아지는 폭우가 그의 전신에 묻어 있던 피와 살점들을 씻어 주었다.

담우천은 곰의 시신을 바닥에 내려둔 후 능숙한 솜씨로 살점을 분리하고 가죽을 벗겨내기 시작했다. 핏물이 강물처럼 흘러 내려갔다.

작업을 끝낸 담우천은 가죽과 살점 몇 덩이, 쓸개 등을 가지고 다시 동굴로 들어섰다. 동굴 깊숙한 곳에 전라의 자하가 주저앉은 채 오들오들 떨고 있었다. 담우천은 가죽을 그녀에게 덮어 주며 말했다.

"조금만 기다려."

그는 다시 밖으로 나가서 나뭇가지들을 잔뜩 잘라왔다. 그리고 수풀, 넝쿨들 위로 나뭇가지를 얼기설기 메워 입구를 단단히 막은 후 나머지 나뭇가지들을 가지고 자하 곁으로 돌아왔다.

그녀는 누린내와 피 냄새가 진동하는 가죽을 덮고 있었지만 인상을 찌푸리지 않았다. 외려 한결 추위가 가신 탓인지 자하는 담우천을 보고 살짝 미소를 지어보였다.

담우천은 그녀의 옆에 털썩 주저 앉았다. 그리고 비수로 나뭇가지에 잔 흠집을 내기 시작했다.

불을 피우려는 것이다.

사실 젖은 가지에 불을 붙이는 건 매우 어려운 일이지만 그렇다고 방법이 전혀 없는 것은 아니었다.

대충 두 가지 방법이 있는데 하나는 최대한 잘고 가늘게 깎아서 부싯깃처럼 만들어 사용하는 방법이고 다른 하나는 지금처럼 나뭇가지 전체에 잘고 미세한 흠집을 내서 불을 붙이는 것이다.

물론 그것만으로는 불을 붙이기에 부족했다.

그래서 담우천은 따로 준비한 솔가지들에서 송진을 긁어 모으는 한편, 또 곰을 해체하면서 떼어둔 지방 덩어리들을 이용하기로 했다.

그렇게 불을 피울 준비가 끝나자 담우천은 동굴 안쪽의 땅을 파내기 시작했다.

그는 팔 하나 들어갈 정도의 깊이까지 구덩이를 만든 후, 구덩이 바닥에 돌을 깔고 그 위로 송진과 지방 덩어리, 그리고 잔 나뭇가지들을 깔았다.

담우천은 나뭇가지 하나를 들고 호흡을 가다듬은 후 내력을 손에 모았다. 삼매진화(三昧眞火)의 뜨거운 열기가 나뭇가지를 금세 불태우기 시작했다. 지켜보고 있던 자하의 눈이 휘둥그레졌다.

2. 문신 혹은 낙인

담우천은 시뻘겋게 타오르는 나뭇가지를 구덩이에 던져

넣었다.

송진과 지방 덩어리 때문인지 불길이 화악 올랐다. 동시에 매캐한 연기가 동굴 안을 가득 메웠다.

"맵겠지만 잠시만 참아."

담우천은 자하에게 말한 후 양손을 휘둘렀다. 거친 바람이 손끝을 타고 뻗어나갔다. 연기는 동굴 밖으로 향했고 불길이 활활 타오르기 시작했다.

담우천은 그 불길 주위로 나뭇가지들을 비스듬하게 세워 둔 후 자리에서 일어났다.

그는 동굴 입구 쪽의 흙으로 진흙을 개어 곰의 고깃덩어리에 밀가루 입히듯 골고루 묻혔다. 그 고깃덩어리를 구덩이의 불길 속에 던져 넣고는 비스듬하게 세워두었던 나뭇가지들을 그 위에 엎었다.

그러고 나서 담우천은 아까 파 두었던 흙으로 구덩이를 메우기 시작했다. 불길이 연기를 토해내며 사그라지고 있었다. 자하는 그 일련의 광경을 차분한 눈빛으로 물끄러미 지켜보았다.

이윽고 평평하게 땅이 메워졌다. 담우천은 반 토막 난 가죽을 그 위에 깔았다.

그리고 자신의 옷을 벗은 후 자하의 옷과 함께 다시 그 위에 깔았다.

"이리 와."

벌거숭이가 된 담우천은 그 옆자리에 털썩 주저앉으며 손을 벌렸다. 자하가 가죽을 둘러쓴 채 무릎걸음으로 기어왔다. 담우천이 그녀를 껴안았다. 그녀의 눈이 커졌다.

"따뜻하네요."

"당연하지."

담우천은 그녀를 품에 안고 드러누웠다. 그들은 알몸으로 곰가죽을 요처럼 깔고 이불처럼 덮은 채 꼭 껴안았다.

"비록 흙으로 덮기는 했지만 그 사이에 공간이 있어서 불은 금방 꺼지지 않아. 게다가 맨 밑에 뜨겁게 달궈진 돌들이 한동안 열기를 발산할 테니까. 우리가 기운을 되찾을 때까지는 어느 정도 추위를 막아줄 거야."

바닥에서는 요처럼 깔린 가죽을 비집고 희뿌연 연기가 꾸역꾸역 밀려나오고 있었다.

"상관없어요. 안 추우니까."

자하는 담우천의 품속으로 파고들며 빙긋 웃었다.

"이렇게 당신의 뜨거운 몸이 있는데 왜 춥겠어요?"

그녀의 부드러운 살결, 탱탱한 젖가슴, 까칠한 아랫도리, 미끈한 허벅지와 종아리가 담우천의 벌거벗은 몸에 찰싹 달라붙었다.

자하는 한없이 달라붙었다. 온몸을 밀착하고도 모자라,

마치 담우천의 품을 열고 그 안으로 숨어들어가려는 듯이 계속해서 파고들었다.

담우천은 뭔가 말을 하려다가 입을 다물었다. 그리고 가만히 그녀의 머리카락을 어루만졌다.

그의 품에 안긴 그녀는 떨고 있었다.

추워서일까.

아니면…….

갈기갈기 상처 입은 영혼이 숨을 곳을 찾는 게다. 천하에 둘도 없는 제 안식처로 몸을 피하는 게다.

그동안 그녀는 얼마나 두렵고 무서웠을까. 그리고 얼마나 외롭고 불안했을까. 또 얼마나 많은 상처를 입고 고통을 당했을까.

육체적 고통과 상처는 시간이 지나면 아물게 마련이다.

그러나 정신적 고통과 상처는 달랐다. 잊을 것 같으면 떠오르고 지워진 듯싶으면 되살아나는 게 정신적인 충격이었다.

밤새 잠의 고갯마루를 애써 오를 때 문득 발작적으로 떠오르는 영상, 그때의 공포, 그 순간의 감정들이 숨이 턱 하니 멎게 만들 정도의 충격을 가져다준다.

호흡이 가빠지고 제대로 숨조차 쉴 수 없다. 크게 몇 번이고 심호흡을 하면서 진정하려고 하지만 불안하고 두려운 감정은 지워지지 않는다.

잠은 달아난 지 오래, 홀로 지새우는 밤은 무섭기만 하다. 이대로 죽어버리면 더 이상 이 괴로운 느낌은 없을 텐데.

길을 걷다가 문득 낯선 사내의 웃는 목소리가 들리면 놀라서 황급히 뒤를 돌아보거나 움찔거리며 저도 모르게 몸을 움츠리게 된다. '저기요' 하면서 누가 살짝 건들라치면 새된 비명이 절로 튀어나온다.

얼굴은 새파랗게 질리고 온몸은 얼어붙은 듯 움직일 수가 없다.

사람들이 무섭고 그들의 시선이 두려워진다. 자신과 상관없는 웃음소리에도 얼굴빛이 변하고 가슴이 두근거린다. 그리하여 결국 씻을 수 없는 죄를 지은 죄인처럼 자신이 만든 감옥 안에서 평생을 살아가게 될 것이다.

그게 자하가 겪는, 겪고 있는, 그리고 앞으로 겪게 될 정신적인 충격과 고통인 게다.

새파란 먹물로 새겨진 문신처럼, 혹은 저 가슴 깊은 곳을 불에 달군 인두로 지져 만든 낙인처럼 영원히 지워지지 않을 충격과 고통.

담우천은 아무런 말없이 그저 가만히 자하를 보듬어 안고 그녀의 머리카락을 쓰다듬거나 혹은 어깨를 다독거렸다. 잠든 그녀의 이마에, 눈에, 뺨에 입술을 맞췄다.

학질이라도 걸린 듯 쉴 새 없이 떨리던 육체가 진정되고
자하의 호흡이 평온해질 때까지는 꽤 오랜 시간이 걸렸다.
담우천의 따스하고 부드러운 품안에서 그녀는 새근거리며
잠들었다.

담우천은 가만히 그녀의 잠든 얼굴을 내려다보았다. 채
일 년도 되지 않았는데, 어딘지 모르게 낯선 느낌이 드는
얼굴이었다. 평소 하지 않던 화장을 한 까닭이리라.

게다가 그녀의 체향(體香)도 달라져 있었다. 그녀를 산 자
의 취향에 맞는 향수를 바르고 뿌린 것일 게다.

그러나 담우천은 신경 쓰지 않았다. 겉모습이 어떻게 변
하더라도 결국 그녀는 어디까지나 그의 아내, 자하였기 때
문이었다.

마음만 변하지 않으면 된다.

담우천은 자하의 귀밑 머리카락을 쓸어 올리며 그렇게
생각했다.

그는 잘 알고 있었다. 결코 그녀가 잘못한 게 아니라는
것을. 그녀가 죄를 지은 게 아니라는 사실을 담우천은 명확
하게 인지하고 있었다.

'죄를 지은 건 자하 네가 아니라 너를 납치한 놈들이지.
너를 가두고 못된 짓을 한 놈들, 여염집 처자인 너를 사간

놈들이 죄를 지은 거다.'

원래 맞은 놈은 발 뻗고 잘 수 있는 법이다. 세상은 폭행당한 자보다 때린 놈을 죄인으로 생각하니까.

자하의 경우도 그것과 다를 바가 없었다. 그녀는 자신의 의도와는 상관없이 악랄한 사내들에게 의해 폭행당했을 뿐이다. 그러니 발 뻗고 마음 편하게 자도 되는 것이다.

하지만 그녀는 새우처럼 몸을 구부린 채 잠을 자고 있었다.

조금 더 편안하게 자도 되는데, 하는 안타까움이 그녀를 지켜보는 담우천의 눈빛에 스며들었다. 그는 가만히 자하의 얼굴을 매만졌다.

"조금만 기다려라."

담우천은 중얼거렸다.

"널 이렇게 만든 놈들을 용서하지 않을 거다."

그는 드디어 자신의 본심을 이야기했다.

그랬다. 담우천은 자신의 아내를 이렇게 오들오들 떨게 만든 자들을, 자다가 갑자기 발작하듯 경기를 일으키게 만든 놈들을 결코 용서할 생각이 없었다.

단지 지금은 때가 아니었다.

저 제갈보국과 제갈원을 앞에 두고서 물러간 까닭도 거기에 있었다. 지금은 때가 아니라는 사실.

지금은 무엇보다 자하의 안전이 급선무였다.

그녀를 이곳에서 데리고 나가 안전한 곳에 피신시키는 게 최우선이었다. 복수는 그 다음에 해도 늦지 않았다. 어차피 청산이 있는 한 땔감 걱정은 하지 않는 법이니까[留得 靑山在 不怕沒柴燒].

게다가 상대는 저 무적가였다.

만약 제갈원과 제갈보국이 있는 자리에서 복수를 한답시고 날뛰었으면 어떻게 되었을까.

물론 제갈원이라면 상대할 수 있을 것이다. 그러나 아무리 병색이 완연하다고는 하지만 제갈보국은 당대 최강 고수 중 한 명이었다.

그 둘을 상대로 싸운다?

이길 수도 있을 것이다. 하지만 그렇게 된다면 결코 담우천 또한 성치 못했을 것이다.

양패구상(兩敗俱傷).

그게 당시 담우천의 뇌리에 떠올랐던 단어였다.

그럼 자하는 어찌 되는가.

몸 성한 상태에서도 지금 놈들의 추격을 벗어나기가 힘든 상황이 아닌가.

만약 그때 놈들을 해치우고 담우천이 부상을 입었더라면 아마 저 뇌력신권을 죽이지도 못했을 것이고 포위망을 벗어나지도 못했을 것이다.

그리고 자하는 그들에게 끌려가거나 혹은 담우천과 함께 죽음을 맞이했을 가능성이 컸다.

그래서 담우천은 제갈보국과 제갈원을 앞에 두고서도 순순히 물러난 것이다. 사랑하는 이의 안전을 위해서, 그리고 제대로 된 복수를 하기 위해서.

'복수 때문에 내가 죽으면, 자하가 죽으면 그게 무슨 소용이 있겠는가. 상대를 죽이고 나는 살아남는 게 제대로 된 복수가 아니겠는가.'

담우천은 그런 생각을 하면서 다시 자하를 내려다보았다. 무슨 꿈을 꾸고 있는 것일까. 그녀의 감긴 눈매가 파르르 경련을 일으키고 있었다.

담우천은 그런 자하를 조심스레 다독이며 천천히 입을 열었다. 지금껏 한 적이 없다고 스스로 생각되는 말이, 그의 열린 입에서 새어나왔다.

"사랑한다, 자하."

3. 살아남기 위해서

자하는 저도 모르게 몸을 움찔거렸다.

"사랑한다, 자하."

도대체 언제 그 말을 들어보았을까. 그이의 고백을 듣고 혼인하기로 마음먹었을 때도 사랑한다는 말은 듣지 못했다. 어쩌면 처음이 아닐까.

때 마침 공포와 절망으로 뒤범벅이 된 악몽 때문에 잠에서 깨어났기 때문에 그녀는 그 귀하디귀한 말을 들을 수 있었다. 악몽이 외려 행운이 된 셈이었다.

자하는 입술을 깨물었다.

잠에서 깬 걸 들키고 싶지 않았다. 그녀는 애써 호흡을 고르며 잠든 척했다.

이제 와서 사랑한다는 소리를 듣게 되다니.

왠지 눈물이 나는 자하였다.

그 치욕적인 일을 당하면서도 자하가 끝까지 버틸 수 있었던 것은 오직 하나, 담우천과 아들들의 얼굴을 다시 한 번 보고 싶었기 때문이었다.

죽는 건 그 후의 일이었다.

'그래, 죽는 건 그 후의 일이야.'

자하는 눈을 감은 채 속으로 중얼거렸다.

그러고 보니 그녀가 자살을 생각한 건 언제부터였을까. 처음 저들에게 납치를 당했을 때? 은매당에 갇혔을 때? 아니면 능욕을 당했을 때?

'기억조차 나지 않는다. 하지만 하루에도 몇 번씩, 죽음을 생각하고 자결하려고 했던 것만큼은 확실하게 기억하고 있다. 그 마지막 결심을 만류한 건 내 어린 아이들의 얼굴, 그리고 남편의 얼굴.'

그 얼굴들을 떠올릴 때마다 자살에 대한 결심이 흔들렸다. 그리고 조금만 참자, 조금만 참으면 그이가 날 구하러 올 거야. 하고 자하는 스스로를 다독거렸다.

'도대체 뭘 믿고 그렇게 생각했을까.'

그이가 무림인이라는 건, 그것도 상당한 실력의 고수였을 거라는 건 짐작해서 알고 있었다.

하지만 아무리 고수라 하더라도 나를 찾아 이 수만 리 떨어진 곳까지 올 수 있을까, 하는 대목에서는 자신할 수가 없었다.

하지만 그래도 자하는 믿었다.

그 믿음만이 지옥 같은 그곳에서 자하를 구원해 주는 유일한 희망이었으니까.

'죽는 건 언제든지 할 수 있어. 참을 수 있을 때까지 참아보다가 도저히 견딜 수 없게 되면 그때 죽으면 돼. 그 전에 그이가 나를 찾아준다면……'

그녀는 매일 주문처럼 외웠다.

그렇게 간절한 자하의 기도는 결국 담우천을 그녀가 있는 곳으로 인도했고, 결국 이렇게 두 사람이 다시 재회할 수가 있게 되었다.

그래서 자하는 그리 놀라지 않았던 게다. 반드시 올 거라고 믿고 있었으므로. 그리고 한편으로는 이제 때가 다가오고 있다는 생각도 들었다.

마음 놓고 편안하게 자결할 시간이.

'아호, 아창만 보게 된다면……'

자하는 눈을 감은 채 아이들의 얼굴을 떠올렸다.

동글동글한 눈동자와 귀여운 미소, 짓궂은 눈빛이 보였다. 자지러지는 웃음소리가 들렸다. 맘마, 하면서 앙증맞은 두 손을 내미는 모습이, 무릎이 까진 채 훌쩍거리며 들어오는 모습이 연달아 떠올랐다.

자하는 저도 모르게 미소를 지었다. 한없이 가슴이 따스해지고 편안해지는 기분이었다.

그때였다. 이해할 수가 없는 일이 벌어졌다.

갑자기 눈물이 흘러나와 그녀의 뺨을 타고 주르륵 흘러내렸다. 입으로는 웃고 있는데 눈에서는 눈물이 흐르고 있는 것이다.

자하는 눈물을 닦지 않았다. 행여 담우천에게 자신이 깨어 있다는 걸 들킬까봐 그녀는 옆으로 누운 그 자세 그대로 꼼짝하지 않았다.

'이렇게 편안하고 기분 좋은데 눈물이 나는 건 또 무슨

이유일까.'

알 것 같기도 모를 것 같기도 했다. 자하는 그 오묘한 느낌에 사로잡힌 채 눈물을 흘리고 있었다. 여전히 부드럽고 평온한 미소를 간직하고서.

*　　　　*　　　　*

천둥은 여전히 요란했고 폭우는 그칠 줄 모르고 쏟아졌다. 아니 시간이 지날수록 점점 더 천둥은 강렬해졌고 비바람은 거세졌다.

담우천과 자하의 밑에서 흘러나오던 연기는 시간이 흐름에 따라 점점 줄어들다가 어느 순간부터는 더 이상 새어나오지 않았다.

다행이었다. 행여 있을지 모르는 추격자들에게 들킬 위험이 사라진 것이다.

담우천은 조심스레 자하를 밀어내려고 했다. 하지만 잠든 와중에도 그녀는 담우천에서 떨어지려 하지 않았다. 결국 담우천은 어쩔 수 없이 그 불편한 자세를 유지한 채 한 손만 움직여 흙을 도로 파내기 시작했다.

불은 꺼져 있었지만 아직 뜨거운 온기는 남아 있어서 구덩이를 파내자 동굴 안으로 그 열기가 퍼졌다.

담우천은 딱딱하게 달궈진 진흙덩어리들을 꺼내 부셨다. 진흙덩어리 안에서 잘 익은 고기가 모습을 드러냄과 동시에 식욕을 자극하는 냄새가 동굴 안을 가득 메웠다.

"먹자."

담우천은 고기를 여러 조각으로 나눈 후 자하를 깨웠다. 그녀는 귀찮다는 듯이 고개를 저으며 말했다.

"배가 안 고파요."

"그래도 먹어야해."

살아남기 위해서는 말이야.

담우천은 뒷말을 목구멍 안으로 삼키며 고기를 내밀었다. 자하는 눈을 감은 채 입을 벌렸다. 먹여달라는 의미이리라.

담우천은 살짝 쓴웃음을 지으며 그녀의 어리광을 받아들였다.

그가 손으로 직접 먹인 고기를 우물우물 씹던 자하가 눈을 뜨며 놀란 듯 입을 열었다.

"맛있네요."

"당연하지. 거지닭을 응용해서 구운 거니까."

담우천은 어깨를 으쓱하며 말했다.

진흙을 발라 땅속에 묻고 굽는, 규화계(叫化鷄)라 불리는 이 요리 방식은 원래 거지들로부터 나왔다고 한다.

어느 날 한 무리의 거지들이 닭을 훔쳐 달아나다가 주인에게 쫓기게 되자 땅속에 묻어 두었는데 우연히 그곳에 불이 났다.

불이 꺼진 후 그 자리에서 맛있는 냄새가 나기에 파보았더니 노릇노릇하게 구워진 닭이 나왔다는 것이다.

그 맛이 기가 막히도록 좋아서 이후 거지들이 땅속에 닭을 묻고 요리해 먹는 것을 즐겼는데, 그로 인해 규화자(叫化子, 거지)들이 즐겨먹는 닭요리라는 뜻으로 규화계, 혹은 거지닭이라고 불렸다.

자하는 두 번째 고기 조각을 받아먹으면서 담우천을 향해 눈을 흘겼다.

"이렇게 음식 솜씨가 좋으면서 그동안 한 번도 해주지 않았단 말이죠?"

"앞으로는 종종 해주지."

담우천은 잘 구워진 곰 고기를 씹으며 그렇게 말했다.

"약속한 거예요."

"그래."

자하가 다시 입을 벌렸다.

"아."

먹여 달라는 게다.

담우천은 어미 새처럼 그녀의 입에 고기를 넣어주었다.

그녀는 행복하다는 듯이 눈을 감으며 입을 우물거렸다.

담우천은 그런 자하가 한없이 사랑스러워 가만히 고개를
숙이고 그녀의 이마에 입을 맞췄다.

그녀가 눈을 가늘게 뜨고는 빙긋 웃으며 소곤거렸다.

"그게 끝이에요?"

담우천은 그녀의 눈을 바라보며 말했다.

"나머지는 돌아가서."

그녀는 자신에게 쏟아지는 담우천의 부드럽고 따스한 눈
빛을 올려보다가 또 다시 입을 벌렸다.

"아."

4. 급선무

하루가 지나도 비는 그칠 줄 몰랐다.

아니, 다음 날 오후가 되면서 강풍을 동반한 폭우는 더욱
세차게 휘몰아쳤다.

연중 이백 일 이상 비가 오거나 안개가 끼는 천자산이었
지만 사실 이날처럼 세차게 쏟아지는 폭우는 그리 흔한 경
우가 아니었다.

새까만 먹장구름이 낮게 드리워진 하늘. 구름 사이에서
연신 번개가 작렬하는 가운데 앞이 보이지 않을 정도의 거

센 빗줄기가 세찬 강풍과 함께 천하를 뒤덮고 있었다.

숫대처럼 뾰족하게 솟은 수십 수백 개의 봉우리들 사이로 호각 소리가 희미하게 울려 퍼졌다.

삐익—삑—삑!

호각소리는 끊이지 않고 이어졌다.

봉우리와 봉우리, 계곡과 계곡 사이를 이어가며 산울림처럼 연달아 들려오는 호각소리만으로도 이 근방에 얼마나 많은 이들이 몰려들었는지 짐작할 수가 있었다.

하기야 그럴 수밖에 없는 일이다. 태극천맹의 다섯 기둥 중의 하나인 무적가의 가주, 제갈보국의 침실에 적이 침입했다가 홀연히 탈출한 것이다.

있을 수 없는 일이 벌어진 게다. 그러니 가문의 모든 병력들이 총출동하여 천자산 일대에 천라지망을 펼친 건 당연한 일이었다.

그 천자산 일대가 내려다보이는 어느 한 준봉의 정상 부근, 십여 명의 사람들이 쏟아지는 폭우 아래 우뚝 서 있었다.

그것은 놀라운 일이었다.

아름드리나무가 휘청거리고 지면이 팍팍 팰 정도로 세찬 비바람이 휘몰아치고 있는데도, 그 정상 일대에 서 있는 자들의 옷자락은 펄럭이지도 않았으며 또한 비에 젖지도 않은 상태였다.

믿을 수 없게도, 쉴 새 없이 몰아닥치는 거센 바람과 굵은 빗방울들은 가만히 서 있는 그들의 몸을 스치듯 비껴나가고 있었다.

"호문봉 기슭에서 종적이 사라졌습니다."

검은 무복을 걸친 자가 다가와 허리를 숙이며 말했다. 정상에 서 있는 이들과 대조적으로, 그자의 전신은 물에 빠진 듯 흠뻑 젖은 데다가 옷자락은 심하게 펄럭였다.

검은 무복을 입은 사내는 더욱 조심스러운 어조로 말을 이었다.

"하지만 이십칠경(二十七卿)이 이 잡듯 뒤지고 있으니 곧 행적을 발견할 수 있을 것입니다."

"이십칠경? 그들 따위가 놈을 찾을 수가 있다?"

십여 명의 사람들 중에서 가장 젊은 축에 들어가는 중년인, 그러니까 무적가의 차기 가주 제갈원이 신경질적으로 소리쳤다.

검은 무복의 사내가 움찔하며 더욱 허리를 숙였다.

"이십칠경 중에서 세 명이 달라붙어 놓고도 그중 한 명이 죽고 남은 두 명은 두 눈 멀쩡히 뜬 채로 놈이 도주하는 걸 구경했다. 겨우 그 정도 놈들이다."

"고정하시죠, 소가주."

제갈원의 뒤에 서 있던 노인, 노파들 중에서 백염(白髥)을 가슴까지 드리운 청수한 인물이 그를 만류했다.

제갈원은 신경질적으로 노인을 돌아보았지만, 성질 더럽기 그지없는 그조차 그 노인에게는 함부로 할 수 없었는지 어깨를 으쓱거리며 말했다.

"그 개자식은 겨우 이십칠경 따위로 어찌해 볼 수 있는 놈이 아니란 말이오. 놈은 단신으로 감히 무적가에 침입, 그 누구에게도 들키지 않은 채 본가의 가주인 아버님의 침소에까지 잠입한 작자요. 물론 그 일로 호위장(護衛將)의……."

"그건 이미 이야기를 들어 알고 있소이다."

노인은 제갈원의 말을 중간에서 잘랐다. 제갈원의 눈자위가 희번덕거렸다.

하지만 노인은 침착한 표정을 지은 채 말을 이어나갔다.

"사실 그 아이의 실력에 대해서는 우리보다 잘 알고 있는 이가 없을 것이오."

"홍!"

제갈원은 코웃음을 쳤다.

"그러니까 지금 그 개자식을 그대들 구백(九伯)이 키웠다고 자랑하는 것이오?"

제갈원의 뒤에 서 있던 노인들 중 몇몇의 얼굴빛이 달라졌다.

　나이와는 어울리지 않게 여전히 홍안흑발(紅顔黑髮)을 자랑하고 있는 노인이 두 눈을 부릅뜨며 불퉁거렸다.

　"그대들이라니, 아무리 소가주라 하더라도 말씀이 지나치오! 우리는 가주와 더불어……."

　"네, 네. 알고 있습니다. 아버님과 더불어 정사대전을 승리로 이끈 영웅들이라는 사실을."

　제갈원의 비웃는 듯한 말투에 구백들은 더욱 기분 상한 표정을 지었다. 제갈원이 갓난아기 때부터 보살펴 주었던 그들이라 지금 그의 표정과 말투가 더욱 마음에 들지 않는 모양이었다.

　"어쨌든 그대들, 아 죄송하오. 여러분들이 만들어낸 괴물이니만큼 출이반이(出爾反爾)라고, 애꿎은 이십칠경에게 맡기는 것보다는 여러분들이 직접 놈을 죽이는 게 옳지 않겠소? 괜한 피를 더 흘리기 전에 말이오."

　제갈원은 건들거리며 물었다.

　출이반이란 증자(曾子)의 '경계하고 또 경계하라. 네게서 나간 것은 네게로 돌아오는 것이니라[戒之戒之 出乎爾者 反乎爾者也]'라는 말에서 나온 사자성어로, 즉 자기가 뿌린 씨는 자기가 거둬들인다는 의미였다.

　구백이라 불린 노인들은 꽤나 마뜩찮은 얼굴이었다. 예

의 그 장비처럼 체구 좋고 호랑이 눈매를 지닌 홍안흑발의
노인이 큰 소리로 말했다.

"안 그래도 우리가 직접 나설 생각이었소."

"잘 생각하셨소이다."

제갈원은 비릿하게 웃더니 이내 덧붙여 말했다.

"괜히 삼신(三神)들까지 모시게끔 하지 맙시다. 뭐, 이곳
으로 오시는 중이라는 전갈이 있기는 했지만 말이오."

오만방자한 제갈원조차 삼신을 언급할 때는 꽤나 경건한
표정을 지었다.

당연한 일이었다. 삼신이야말로 무적가의 절대적인 힘이
자 권위이며, 무적가가 무적가라고 불릴 수 있게 된 근원이
라 할 수 있었으니까.

가주의 명령이 절대적인 세가였지만 삼신만큼은 그 명령
을 받지 않아도 된다는 것 하나만으로도 그들의 위엄이 어
느 정도인지 충분히 알 수 있었다.

구백들 또한 제갈원의 입에서 삼신이라는 이름이 흘러나
오자 살짝 안색이 바뀌었다. 따지고 보면 삼신은 그들 구백
의 사부들이라 할 수 있었으니, 그 이름만으로도 긴장되는
건 어찌할 수 없는 일이리라.

"겨우 애송이 하나 때문에 그분들께 괜한 수고를 끼칠 필
요까지는 없겠지."

백염 노인의 말에 다른 노인들이 고개를 끄덕였다.

"그럼 우천 그 녀석이 어디에 숨어 있는지 찾아볼까?"

누군가의 말에 홍안흑발이 생각났다는 듯이 손뼉을 치며 말했다.

"그랬지? 녀석에서 은잠술을 가르쳐주었던 게 천혼백(闡混伯) 자네였지?"

천혼백이라 불린 노인이 가늘게 눈을 뜨며 고개를 끄덕였다.

"그랬더랬지. 녀석, 또래 중에서도 제일 빠르게 습득해서 가르치는 보람이 있었지."

그 말에 다른 노인들도 고개를 끄덕이며 천혼백의 말에 수긍했다.

확실히 담우천은 뛰어난 아이였고, 그래서 당시 구백의 사랑을 한 몸에 받았다.

문득 노파들 중 한 명이 검버섯 듬성듬성 핀 얼굴에 미소를 새기며 입을 열었다.

"정말 그 아이라면 내 제자로 삼고 싶다는 생각이 매일처럼 들었다니까."

다른 노파, 노파라고 하기에는 아직도 몸매가 뛰어나고 주름 한 점 없어서 차라리 미부인(美婦人)이라고 불러야 될 것 같은 여인이 입술을 삐죽이며 말했다.

"그때 언니가 너무 감싸고돌아서 우리는 그 아이 곁에 가지도 못했잖아요. 그래서 우리는 언니가 그 아이를 남자로 사랑하나? 하고 수군대기도 했다구요."

처음의 노파 얼굴이 살짝 붉어졌다.

"그게 무슨 소리냐? 아무리 그래도 내 자식 뻘 되는 아이인데 말이지."

"하지만 그 아이와 헤어질 때 언니, 엄청 울었잖아요?"

"그야… 자식과 헤어지는 기분이었으니까."

두 노파의 대화가 계속 이어질 것 같자 제갈원이 짜증을 부렸다.

"늙으면 죽어야 한다더니, 도대체 뭐가 급하고 뭐가 중요한지 하나도 모르는 것 같군그래."

일순 노파들과 노인들의 눈빛이 서늘해졌다.

동시에 그들 주변의 공기가 달라졌다. 거센 강풍과 폭우가 느껴지지 않을 정도로 사나운 살기가 그들의 주위를 감쌌다. 허리를 숙이고 있던 검은 무복의 사내가 놀란 나머지 뒤로 물러서다가 엉덩방아를 찧을 정도로 격렬하고 음습한 살기가 먹장구름처럼 주변을 뒤덮었다.

제갈원은 흠칫 눈살을 찌푸렸다가 피식 웃으며 입을 열었다.

"그래, 제 자식처럼 여기는 놈이라 죽이기 아깝다는 것이오? 그래서 놈 대신 내게, 제갈보국의 아들인 나 제갈원에게 독아(毒牙)를 들이대는 것이오?"

그는 비아냥거리듯 말하며 뭇 노인들을 둘러보았다.

비록 오만방자하고 안하무인의 성격을 지닌 제갈원이었지만, 지금 구백을 쏘아보는 그의 모습에서는 일대 종사의 위엄까지 흘러나오고 있었다.

노인들은 그런 제갈원과 잠시 눈싸움을 하는가 싶었지만 역시 상대는 자신들이 충성을 다하는 가문의 후계자였다.

곧 그들은 고개를 돌리거나 시선을 살짝 아래로 까는 식으로 제갈원과의 눈싸움을 회피했다. 동시에 주변을 뒤덮고 있던 살기는 씻은 듯이 사라졌다.

그리고 구백들은 아무런 말없이 제갈원의 곁을 떠나 산 아래로 사라졌다.

"흥, 늙은이들!"

제갈원은 팔짱을 끼며 투덜대다가 뒤늦게 생각났다는 듯이 안색을 급변하며 소리쳤다.

"아, 그녀는 반드시 구해야 하오!"

이미 구백들은 정상 밑으로 사라져 그 모습이 보이지 않았지만 제갈원은 거듭해서 다급하게 소리쳤다.

"그녀를 구하는 게 놈을 죽이는 것보다 급선무라는 것을,

반드시 명심하시오!"

　그의 절규에 가까운 외침이 거센 폭우 사이를 뚫고 멀리
메아리치고 있었다.

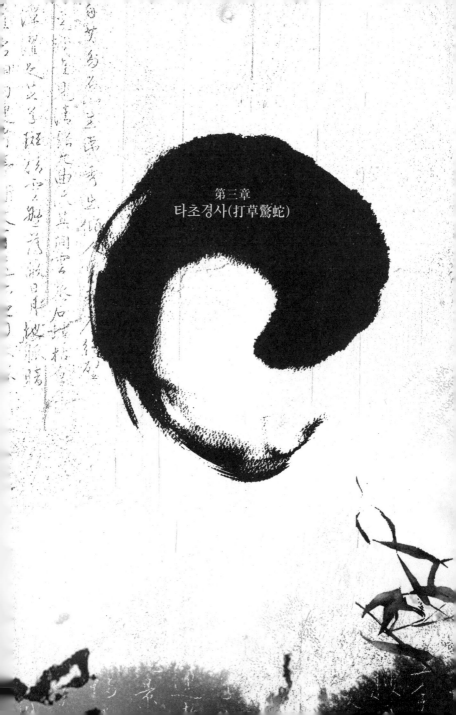

第三章
타초경사(打草驚蛇)

타초경사란 괜히 풀을 건드려서 그 속에 숨어 있는 뱀을 놀래게 만든다는 의미로, 괜한 짓을 해서 적을 경계하게 만들지 말라는 경구의 사자성어였다.

어쨌든 그렇게 놀란 뱀은 더욱 깊숙한 곳으로 숨거나, 혹은 독니를 드러내고 공격을 하기도 할 것이다. 바로 그때 뱀의 행적이 드러나게 된다면 그건 확실히 풀을 건드린 효과인 셈이었다.

1. 추적

무적가에는 일반적인 문회방파들과는 달리 따로 당(堂)
이니 단(團)이니 하는 조직이 존재하지 않았다. 대신 그들
은 수하들에게 서열을 매겨서, 상급자는 필요에 따라 하급
자를 차출하여 마음대로 부릴 수 있도록 만들었다.

그렇게 하나의 조직이 임기응변식으로 만들어지지만 그
조직력은 결코 타 문파의 조직에 뒤지지 않았다. 그만큼 하
급자들은 상위 고수를 추종했으며, 상위자들은 하급 무사
들을 신뢰했다. 그게 무적가의 상하 관계이자 조직 구성의
원리였다.

무적가의 서열은 가주와 그 일족, 그리고 세가에 대한 경호 책임을 맡은 이들을 제외하고, 크게 삼신구백이십칠경백팔비일천팔십위(三神九伯二十七卿百八秘一天八十衛)로 구분되어 있었다.

일천팔십위는 곧 무적가의 일반 무사들을 의미했다. 비록 그 수가 타 거대문파에 비해 적을지는 모르겠지만, 그 실력만큼은 가히 무적가의 일원이라 당당히 말할 수 있을 정도로 뛰어난 자들로 구성되었다.

백팔비는 무적가의 중심을 이루는 무인들로, 하나같이 일당백의 무위를 지닌 인물들이었다.

그리고 이십칠경에 속하는 이들은 며칠 전 담우천과 일전을 겨뤘던 뇌력신권, 천수환비, 묵혼살객들과 엇비슷한 수준의 최절정고수들로, 그들이야말로 무적가의 진정한 힘이라 말할 수 있었다.

일반적으로 강호에서 실력의 고하를 구별하는 판별법에 따르자면 이십칠경은 최소한 노경, 높으면 문경에 해당하는 자들이라 할 수 있었다.

이십칠경의 구성은 매우 독특하여서 그 안에는 장로급에 해당하는 노인들도 있었고 서른 전후의 젊은이도 있었다. 즉 그것은 나이나 배분보다는 실력이 우선되어야 타인의 존경을 받을 수 있다는 무적가 특유의 체계를 확실히 보여주는 대목이었다.

　그런 의미에서 구백은, 그리고 삼신의 무위는 가히 경천
지동(驚天地動)의 경지에 올라 있다고 할 수 있었다. 제갈가
문이 무적가라고 불리는 이유가 바로 삼신구백에 있었다.

　이십칠경의 세 명과 싸운 후 담우천의 종적이 묘연해진
지 사흘째가 되던 날, 담우천이 숨어 있던 동굴 가까이로
그 삼신구백 중 한 명이 다가왔다.

＊　　　　＊　　　　＊

　"쥐새끼 같은 놈이다."

　삿갓을 살짝 들고 하늘을 쳐다보았다.

　구멍이라도 뚫린 듯, 먹장구름 낮게 드리워진 하늘에서
는 여전히 폭우가 쏟아지고 있었다.

　"무적가의 모든 자들이 천자산 일대를 뒤지고 다닌 지 사
흘째다. 그런데 여태 놈의 종적을 발견할 수 없다니, 어쨌
든 놈의 능력을 인정해줄 수밖에."

　삿갓을 들고 하늘을 올려다보던 중년인은 계곡 하류 쪽
으로 시선을 돌리며 말을 이었다.

　사흘 동안 쉬지도 않고 내린 폭우로 인해 계곡물은 거친
파랑과 함께 급물살을 이뤘다.

콰콰콰콰!

지면까지 울리는 듯한 그 굉음에 주변 모든 소리가 빨려 들어가고 있었다.

우의(雨衣)와 삿갓을 걸친 백여 명의 무인들이 사방으로 흩어진 채 그 계곡을 따라 거슬러 올라가고 있었다. 그들은 사냥감을 모는 몰이꾼들처럼 일정한 거리를 두고 걸으며 예리한 눈빛으로 주변을 샅샅이 훑었다.

잠시 그 광경을 지켜보던 중년인은 길게 휘파람을 불었다.

백여 명의 무인들이 동시에 방향을 바꾸는 게 일사불란했다. 중년인을 비롯하여, 선두에 선 이들은 계곡에서 기슭으로 이동하기 시작했고 그 뒤를 따라 수많은 이들이 기슭 쪽을 샅샅이 뒤지며 오르기 시작했다.

기슭 안쪽으로 접어들자, 예전에는 산길이었을 곳이 흙탕물 콸콸 흐르는 개울로 변해 있었다. 이러다가 산사태가 일어나지 않을까 싶을 정도로 폭우를 머금은 산은 험악하기 그지없었다.

"날씨도 도와주지 않는군."

선두에 서서 걷던 누군가 투덜거리자 삿갓 쓴 중년인이 가볍게 그를 나무랐다.

"아직 덜 배웠구나."

투덜거리던 이가 움찔했다.

중년인은 산길 한 쪽에 박혀 있는 커다란 바위 위로 훌쩍 몸을 날리며 말했다.

"이런 날씨가 도망자에게 좋다고 생각한다면 그건 아직 네가 하수라는 뜻이 된다. 추격자나 도망자에게 공평하다고 말하는 건 물론 무책임한 발언이고."

"그럼 이 날씨가 추격하는 우리들에게 유리하다는 겁니까? 도망자의 흔적이라고는 폭우에 쓸려 모두 사라지고 없는데 말입니다."

또 다른 이가 물었다. 그들은 마치 이 중년인을 사부처럼, 혹은 교두처럼 생각하는 듯 했다.

"물론이다."

중년인이 말했다.

"이런 날씨이니 눈에 보이는 흔적이야 빗물에 쓸려 흘러가 사라지는 건 당연하다. 확실히 그건 추격자들에게 있어서 불리하다고 할 수 있다. 그러나 도망자 또한 빠르게 도주할 수도 없는 날씨임에는 분명하다. 아무래도 이 정도의 폭우와 강풍은 쉽게 사람을 지치게 만들고 또한 체온마저 떨어뜨려서 행동에 제약을 주니까."

초로(初老)에 접어든 중년인보다 많게는 스무 살, 적게는 열 살 정도 젊어 보이는 사내들은 진지한 표정을 지은 채 그의 말에 귀를 기울였다.

"그래서 도망자는 다급하고 초조해지지. 빨리 추격권에서 벗어나기 위해 무리를 하게 되고, 그러다 보면 자신도 모르는 사이에 비에도, 바람에도 쓸려나가지 않는 단서들을 남기게 되기도 하는 것이다."

사내들은 무의식적으로 고개를 끄덕였다. 확실히 중년인의 추격과 도주에 관한 이야기는 논리적이었다.

"그러니 평소 때처럼 세밀한 단서를 찾기 위해서 노력할 필요가 없다는 건 추격자들에게 있어서 즐거운 일이 되는 셈이다. 비와 바람에도 사라지지 않을 정도의 커다란 단서, 그 단서만 찾으면 되는 거니까 말이다."

"그렇다면 저 일천팔십위들의 탐색은 전혀 쓸모가 없다는 말씀이십니까?"

사내 중 한 명이 계곡에서 산둥성이를 타고 수색하는 백여 명의 무인들을 가리키며 물었다. 중년인은 살짝 어깨를 으쓱거리며 말했다.

"저들이 놈의 행적을 발견하는 건 거의 불가능하다. 하지만 저런 식의 수색도 나름대로 쓸모가 있기는 있다. 굳이 예를 들자면 타초경사(打草驚蛇) 같은 식이라고 할 수 있겠다."

타초경사란 괜히 풀을 건드려서 그 속에 숨어 있는 뱀을 놀래게 만든다는 의미로, 괜한 짓을 해서 적을 경계하게 만들지 말라는 경구의 사자성어였다.

어쨌든 그렇게 놀란 뱀은 더욱 깊숙한 곳으로 숨거나, 혹은 독니를 드러내고 공격을 하기도 할 것이다.

바로 그때 뱀의 행적이 드러나게 된다면 그건 확실히 풀을 건드린 효과인 셈이었다.

중년인이 말한 타초경사는 즉 백여 명이 한꺼번에 움직이면서 수색하는 것만으로 담우천을 압박할 수 있다는 뜻이었고, 그 와중에 행여 그의 기척이 드러난다면 바로 그게 저들을 동원한 의미가 되는 것이라는 이야기였다.

사내들은 중년인의 이야기가 그럴 듯싶다고 여겨 고개를 끄덕였다.

그때였다.

허공에서 껄껄껄 웃는 소리가 들려왔다. 사람들은 깜짝 놀라 고개를 쳐들었다. 끝이 보이지 않을 정도로 우뚝 선 아름드리나무 위에서 한 명의 노인이 표표히 옷자락을 휘날리며 하강하고 있었다.

그를 본 이들은 일제히 경외의 표정을 지으며 얼른 허리를 굽혔다.

오만한 표정의 중년인조차 살짝 고개를 숙였다.

노인은 우아한 자세로 지면에 착지했다.

거친 빗소리가 아니더라도 전혀 기척이 느껴지지 않는 움직임. 그것만으로도 이 노인의 무위가 어느 정도인지 익히 짐작할 수가 있었다.

"그게 끝이더냐, 이규(離圭)?"

노인은 뒷짐을 진 채 중년인을 쳐다보며 물었다. 바위 위에 서 있던 중년인은 가볍게 몸을 날려 진창을 밟더니 노인에게 다가가며 되물었다.

"그것 말고도 더 있습니까, 교부?"

2. 월경혈향(月經血香)

교부라는 명칭은 오직 과거 한 시절, 어느 한 곳에서만 사용되었다. 지금은 그 어디서도 사용되지 않는 명칭.

갑작스레 등장한 이 노인은 어제 제갈원과 더불어 정상 부근에서 이야기를 나눴던 구백 중 한 명으로 그 별호는 천혼, 거기에 구백의 백을 붙여서 천혼백이라 불리는 자였다.

또한 그는 정사대전이 발발하기 이전의 시대, 전국 각지에서 사 모은 갓난아기들 중 일부를 선별하여 무공을 가르쳤던 이들 중의 한 명이었다.

그리고 당시 그 어린아이들은 천혼백과 그의 동료들을 교부, 교모라 불렀다.

즉 천혼백을 교부라 부른 중년인 이규는 당시 그에게 무공을 배웠던 어린아이였던 것이다.

이십칠경 중의 한 명으로 어찌 보면 담우천과 동문 사형제지간이라고도 할 수 있는 이규. 그는 자신에게 추적술과 은잠술 등을 가르쳐준 교부 천혼백을 똑바로 바라보며 입을 열었다.

"물론 비바람에 씻겨서 흘러 들어오는 미약한 냄새, 또는 습도 높은 공기 중에 떠도는 희미한 체취를 말씀하시는 거라면 이 아이들도 이미 알고 있습니다."

이규는 그렇게 말하고는 사내들을 돌아보았다. 사내들, 백팔비 중에서 이규가 특별히 아끼는 자들 중 한 명이 앞으로 걸어 나와 공손하게 말했다.

"지금 이 주변에는 곰의 체취가 매우 희미하게 흐르고 있습니다. 피 냄새와 섞여 있는 것이 먹잇감을 사냥한 게 아닌가 싶습니다."

그 정도는 이미 파악하고 있었다는 듯한 사내의 말에 천혼백은 고개를 끄덕였다.

"제대로 살피고 있었구나. 시간이 꽤 많이 흐른 데다가 이런 날씨로 인해서 설령 훈련받은 개라 할지라도 전혀 알아차리지 못할 정도의 냄새인데 말이지."

하지만 그는 곧 의미심장한 표정을 지으며 물었다.

"그런데 피 냄새 중에 뭔가 이상한 건 느끼지 못했느냐?"

예상 밖의 질문에 사내는 움찔하는 기색이었다. 그는 곧 내공을 운기하고 숨을 들이마셨다.

다른 동료들 또한 그와 똑같은 행동을 보였다. 심지어는 이규조차 다시 한 번 주위를 돌아보며 깊고 가늘게 숨을 들이마셨다.

이규는 은잠과 추적의 달인이었다. 그리고 그가 데리고 온 세 명의 사내는 백팔비 내에서 각각 철환비(鐵幻秘), 운환비(雲幻秘), 낭환비(狼幻秘)라 불렸으며 이규가 심혈을 기울여 키우고 있는 제자들이라 할 수 있었다.

그중 곰의 체취와 피 냄새를 맡았다고 말했던 사내는 철환비, 철담(鐵膽)과 냉철한 이지의 소유자인 그는 한동안 주변의 냄새를 파악하다가 고개를 갸웃거리며 입을 열었다.

"속하는 아무런 의구점도 발견할 수가 없습니다."

천혼백은 그럴 줄 알았다는 듯이 고개를 끄덕였다.

"그럴 테지. 이틀은 족히 지난 냄새이니까. 사실 곰과 피 냄새를 인식했다는 것만으로도 충분히 대단하다고 할 수 있다."

그 말에 철환비는 살짝 분한 기색을 보였다.

그때, 이규의 표정이 살짝 변하더니 이내 낮게 신음을 흘렸다.

"으음, 그렇군. 그걸 놓치고 있었다."

철환비를 비롯한 사내들의 시선이 일제히 그를 향했다. 이규는 천운백의 조언을 듣고서야 알아차린 게 심기 불편하다는 표정을 지으며 입을 열었다.

"계집의 피 냄새가 아주 희미하게 섞여 있다."

"계집의 피 냄새요?"

운환비와 낭환비가 동시에 물었다. 이규는 고개를 끄덕이며 대답했다.

"그 계집, 달거리를 시작한 모양이다."

달거리, 혹은 월경(月經)이라는 단어는 가임기가 된 여성이 한 달에 한 번씩 피를 흘리는 현상을 두고 말하는 것이다.

그 피의 냄새는 일반 혈향(血香)과 사뭇 달라서, 이규가 조금만 주의 깊었더라면 천혼백의 도움 없이 충분히 알아낼 수 있었을 테다.

"근처를 샅샅이 수색하라."

그는 주위를 둘러보며 말했다. 지시를 받은 세 명의 사내들이 일제히 주변으로 흩어졌다.

그저 곰과 피 냄새라면 그냥 지나쳐도 상관없었다. 하지만 그 피 냄새 속에 여인의 월경혈향(月經血香)이 느껴진다면 그건 의미가 달랐다.

즉, 주변에 담우천과 자하가 있다는 뜻이었다.

그로부터 약 일 각 정도 흘렀을까.

"여깁니다!"

철환비가 조금 떨어진 곳에서 수풀과 바위 등에 가려진 동굴을 발견했다.

워낙 은폐가 잘 되어 있어서 바로 그 앞을 지나쳐도 알아차리지 못했을 것이다.

사람들은 일제히 동굴 안으로 뛰어들었다. 하지만 아쉽게도 동굴은 텅 비어 있었다.

천혼백과 이규가 느릿하게 동굴 안으로 걸어 들어가는 가운데 세 명의 사내들은 코를 킁킁거리며, 혹은 바닥을 기어 다니며 조금의 단서라도 놓치지 않으려 노력하고 있었다.

"바닥의 온기가 아직 미세하게나마 남아 있습니다. 이곳을 떠난 지 하루 정도 되지 않을까 싶습니다."

"곰의 털과 살점들이 있는 걸로 보아 놈은 곰을 잡아먹고 버틴 것 같습니다. 가죽이 보이지 않는 걸로 미루어, 놈들은 외투처럼 가죽을 이용하는 듯합니다."

동굴 주변을 샅샅이 뒤지고 온 삼비(三秘)의 보고가 계속 이어졌다. 이규는 그들의 보고를 묵묵히 듣다가 문득 입을 열었다.

"그나마 다행이다. 달거리를 하다니."

천혼백이 동의했다.

"그래. 갓 시작한 달거리다. 그것은 곧 시간이 흐를수록 달거리의 향이 점점 더 짙어질 거라는 의미. 앞으로 그 피 냄새를 중점적으로 쫓으면 아천(兒天)과 그의 계집을 쉽게 찾을 수 있을 것이다."

"아천이라……."

이규가 그 이름을 되뇌며 말했다.

"아직도 천혼 교부는 그놈을 끔찍하게 여기시나 보오. 아 천이라니."

아천은 담우천의 아명, 당시에는 따로 아명이 없는 한 일 반적으로 어린아이 아(兒)에다가 이름 끝 자를 붙여 불렀 다. 천혼백은 저도 모르게 담우천을 그렇게 불렀고, 그게 이규의 속마음을 살짝 거슬렀던 것이다.

"흠, 이제 와 끔찍하게 여길 일이 어디 있겠느냐? 단지 습 관 때문에 그리 말한 게지."

"그렇구려."

이규는 천혼백과 더 이상 말을 섞지 않았다. 그는 몸을 돌려 사내들을 돌아보며 말했다.

"뒤쫓아라. 놈과 계집은 이곳에서 그리 얼마 멀지 않은 곳에 있을 것이다."

"존명!"

이규의 분신과도 같은 사내들은 일제히 허리를 숙이고는 곧바로 동굴을 뛰쳐나갔다.

삐익— 삐이익!

그들의 호각소리가 폭우를 뚫고 멀리 퍼졌다. 사방으로 흩어졌던 무인들이 그 소리를 듣고 모여들기 시작했다. 동시에 그들 또한 호각과 휘파람으로 다른 지역을 수색하던 이들에게 연락을 취했다.

처음 호각 소리가 울려 퍼진 지 두 시진이 흘렀을 무렵, 그 일대에는 무려 오백여 명이 되는 무인들이 담우천과 자하의 뒤를 쫓고 있었다.

3. 곰

천자산의 서북부 경계지점으로 나가는 길목을 가로 막고 있는 거대한 절벽. 그 깎아지른 듯한 절벽 중간 즈음에 홈처럼 좁게 파인 길이 나있었다.

너비 두 자가 안 되는, 그야말로 촉도(蜀道)처럼 한 순간 아차하고 헛발을 디디면 곧장 낭떠러지 아래로 추락할 것만 같은 외길.

양손으로 벽을 붙잡은 채 조심스레 걸어도 불안하기 그

지없는, 바람 한 번 세차게 휘몰아치기라도 하면 금세 균형을 잃고 떨어질 것 같은 절벽 너머로 낮은 구릉이 이어져 있는 게 보였다.

그것은 곧 저 절벽을 돌아서 난 길을 따라 가면 천자산 서북쪽 경계로 이어진다는 의미였다.

무적가의 천라지망은 그 외지고 인적 끊긴 곳에까지 퍼져 있었다. 절벽 입구로 들어서는 길목을 가로막고 서 있는 네 명의 무사들이 바로 무적가 천라지망의 끝자락이라 할 수 있었다.

무사들은 검은 색 삿갓과 우의를 걸친 채 쏟아지는 폭우에도 아랑곳하지 않고 절벽으로 향하는 바위산을 노려보고 있었다.

만약 담우천이 이곳으로 온다면 저 바위산 너머에서 모습을 드러낼 것이니까.

강풍과 폭우, 그리고 낮게 드리워진 먹구름으로 인해 시계(視界)는 형편없었다.

하지만 무사들은 단 한 순간도 바위산에서 눈을 떼지 않았다. 그것만으로도 이들이 얼마나 제대로 훈련을 받았는지 익히 알 수가 있었다.

"응?"

바위산 쪽을 경계하던 무사들 중 한 명이 눈썹을 꿈틀거리며 삿갓을 들어올렸다. 거칠게 쏟아지는 빗줄기 사이로 문득 우르릉! 천둥소리가 들려왔다.

"뭐지, 저건?"

그의 말과 함께 다른 세 명의 무사들 또한 일제히 삿갓을 들고 담우천을 바라보았다. 새까맣게 내려앉은 암흑장천 아래로 무언가 검은 물체가 꿈틀거리며 그들을 향해 다가오고 있는 것이다.

"곰?"

쏟아지는 빗줄기 때문에 눈을 가늘게 뜬 채로 바라보던 무사 하나가 입을 열었다. 다른 무사들도 어이가 없다는 얼굴이 되었다.

"며칠 동안 폭우가 쏟아지더니 제대로 먹을 걸 구하지 못했나 보군. 감히 사람들 앞에 모습을 드러내다니 말이야."

엉금엉금 기어오고 있는 검은 물체, 그 외관은 확실히 한 마리의 곰이었다.

다른 건 몰라도 물에 흠뻑 젖은 가죽이나 그 체구만 보더라도 알 수 있었다.

무려 이틀 만에 살아 움직이는 물체를 본 까닭일까. 무사들은 그들답지 않게 입가에 미소를 머금은 채 농담 반 진담 반의 대화를 나눴다.

"웅담(熊膽)이 그리 몸에 좋다지, 아마?"

무사 한 명이 칼을 꺼내들며 입맛을 다셨다.

"곰발바닥 몰라?"

다른 무사도 웃으며 칼을 꺼내들고 곰이 다가오기를 기다렸다.

곰은 여전히 그들을 향해 엉금엉금 걸어오고 있었다.

점점 거리는 좁혀졌다. 곰과 사람들의 간격이 십여 장도 채 남지 않았을 무렵, 무사들 중 한 명이 고개를 갸웃거리며 이상하다는 표정을 지었다.

"곰이 아닌 것 같은데……."

그는 눈을 가늘게 뜬 채 천천히 다가오는 곰을 바라보며 다시 입을 놀렸다.

"곰치고는 어딘지 이상해보여. 체구도 작고."

"저게 곰이 아니라면 뭐가 곰이야? 체구야 아직 어린놈이라 작은 걸 테고."

"아니, 그건 그런데 말이지."

무사들이 대화를 나누는 동안 곰은 그들과 삼사 장의 거리까지 다가왔다.

"곰이든 뭐든 어쨌든 죽이면 되는 거 아니겠나?"

무사 하나가 호탕하게 말하며 검을 빼든 채 앞으로 걸어나갔다.

바로 그때였다.

엉금엉금 기어오고 있던 곰이 갑자기 일어서며 크게 앞발을 휘둘렀다. 아니, 손을 휘둘렀다.

"컥!"

호기롭게 말하며 앞으로 걸어 나갔던 무사의 목에 구멍이 뚫렸다.

그는 짧은 비명 말고는 단 한 마디도 못한 채 앞으로 고꾸라졌고, 곰은 어느새 그의 앞으로 달려와 검을 빼앗아 쥐었다.

"누, 누구냐?"

졸지에 세 명이 된 무사들이 재빨리 자세를 잡으며 소리쳤다.

또 그중 한 명은 목에 걸고 있던 호각을 입에 댔다.

천자산 일대 곳곳에 있는 동료들에게 신호를 보내려는 것이다.

바로 그때 곰은, 아니 곰의 거죽을 뒤집어 쓴 자가 무표정하게 말했다.

"죽어라."

그 자는 손에 쥔 검을 앞으로 뻗었다.

눈이 멀 것만 같은 백색 섬광이 그 검에서 마치 번개처럼 번쩍! 일었다.

       *   *   *

삐이익— 삐익, 삑!

호각소리가 계속해서 들려왔다. 길고 짧은, 높고 낮은 음이 연달아 이어지면서 빗줄기를 뚫고 사방으로 흩어지더니 봉우리 여기저기에서 메아리치듯 울려 퍼졌다.

담우천은 걸음을 멈추고 귀를 쫑긋거렸다.

곰가죽을 뒤집어 쓴 채로 그의 등에 업혀 있던 자하가 조심스럽게 물었다.

"근처까지 쫓아왔나요?"

"그건 아닌 것 같다."

담우천은 그녀를 안심시키듯 말했다.

"최소한 그들과 이틀거리에 있을 것이다."

벌써 나흘 째였다, 이렇게 끝없는 도주길에 오르게 된 것은. 그러나 담우천은 여전히 침착한 얼굴이었다.

어제부터 며칠 잠잠했던 호각소리가 급박하게 들려오기 시작했다.

아마도 그의 행적이 발견된 것이리라.

'호각소리의 진원지를 미루어 봤을 때 이틀 동안 숨어 지냈던 동굴이 발견된 것 같군.'

사실 그것은 의외의 일이었다.

담우천이 동굴을 떠날 때 나름대로 심혈을 기울여 흔적을 없애고 동굴 입구를 가려놓았다.

그런 까닭에 우연이 아닌 이상 동굴을 발견하고 그곳에서 담우천과 자하가 머물렀던 흔적을 찾는 건 결코 쉬운 일이 아니었다.

'그렇다는 건 누군가 추격의 고수가 있다는 의미.'

동시에 생각나는 자가 있었다.

만리추혼(萬里追魂) 이규.

담우천보다 열 살 정도는 많지만 그래도 어린 시절을 함께 보낸 적이 있는, 한때 비선의 동료였던 자.

'천수환비들이 무적가의 일원이라면 그 또한 분명 이곳에 속해 있을 터.'

문제는 그가 이미 죽은 것으로 알려져 있다는 점이었다. 담우천은 이규가 과거 정사대전 당시 혈천노군(血天老君)이라는 당대 최고의 거마를 뒤쫓다가 역습을 당해 죽은 것으로 알고 있었다.

'내 눈으로 직접 확인했던 죽음이 아닌 이상, 그 어떤 것도 믿을 수 없다.'

담우천은 그렇게 생각했다.

하기야 자신의 검에 가슴이 찔려 죽은 줄 알았던 월광엽사조차 살아있다는 이야기를 듣지 않았던가.

그러니 이제는 누가 살아 있다 하더라도 수궁이 가는 일이었다.

"응? 뭐라고 했나?"

상념에 잠겨 있던 담우천이 퍼뜩 정신을 차리고 물었다. 업혀 있던 자하가 피식, 웃으며 말했다.

"무슨 생각을 그리 깊게 하느냐고 물었어요."

"아. 잠시 과거의 일을 떠올렸어."

담우천은 쉬지 않고 바위산을 오르며 말했다.

그가 오르고 있는 바위산 서북쪽으로는 거대한 절벽이 벽처럼 가로막은 채 우뚝 서 있었다.

하지만 그 절벽의 중간 즈음 기다란 뱀처럼 구불구불하게 파인 길을 지나서 절벽을 통과하게 되면 곧 너른 구릉이 펼쳐진다.

그 구릉들이 곧 천자산 서북부 경계 지역이었으니, 즉 절벽만 지나면 무적가의 천라지망에서 벗어날 수 있다는 것이다.

잠시 말이 없던 자하가 다시 입을 열었다.

"궁금해요, 당신의 과거가."

"살아남으면… 다 이야기해 주지."

담우천의 말에 자하는 얼굴을 옆으로 돌리고 그의 등에 가져다댔다.

비에 흠뻑 젖은 그의 등에서 따스한 온기가 전해졌다. 한 없이 넓고 단단한 등. 자하의 마음이 조금 더 평온하고 차분해졌다.

담우천은 그런 자하를 업은 채 부지런히 발을 놀렸다. 신법을 펼치면 단숨에 오를 수 있었지만, 자칫 주변의 기척을 놓치고 자신의 행적을 노출시킬 위험이 있었다. 그러니 조심해야 했다. 신중해야 했다.

얼마나 시간이 흘렀을까.

문득 담우천의 얼굴에는 살짝 긴장의 빛이 일렁였다. 바위투성이의 산길을 따라 걷던 그가 막 절벽이 내려다보이는 정상에 접어드는 무렵이었다.

'언제부터인가 호각 소리가 들려오지 않는다.'

그랬다.

들리는 소리라고는 오로지 거칠게 퍼붓는 폭우와 강풍, 주변의 키 낮은 수풀들이 내지르는 비명. 그리고 질척이는 발걸음소리 뿐이었다.

멀리서부터 들려오던 호각소리는 언제부터인가 더 이상 들리지 않고 있었다.

'설마……'

바위산 정상에 이른 담우천은 거대한 바위에 등을 기댄 채 잠시 숨을 돌렸다.

손톱만한 굵기의 빗방울들이 아플 정도로 내리 퍼붓고 있었다.

바람은 더욱 거세게 휘몰아쳤다.

한 번 바람이 불 때마다 마치 귀곡성(鬼哭聲) 같은 소리가 울려 퍼졌다.

그 비를 맞으면서 담우천은 힐끗 절벽 쪽을 내려다보았다. 비가 거세고 바람이 세차게 휘몰아치는 까닭에 저 좁고 가파른 절벽 길을 따라 걷는 건 더욱 위험해 보였다.

잠시 숨을 돌리면서 주위를 살펴보았지만 다행이도 인기척은 느껴지지 않았다.

설마 했던 일은 없는 모양이었다.

'그래, 아무리 자하 때문에 걸음이 늦었다고는 하지만 놈들이 벌써 이곳까지 추격할 리는 없다.'

추격은 어려운 일이다. 이렇게 산세 깊고 수풀 우거진 산속인 경우에는 더더욱 그러했다. 아주 특별한 단서가 없는 이상, 도주자가 어디로 움직일지 어디에 숨어 있을지 알아내는 건 천운에 가까운 일이었다.

담우천은 추격과 도주에도 일가견이 있었다. 그런 까닭에 예까지 도망치는 동안 흔적 따위를 남기는 실수는 하지 않았다. 그러니 설령 놈들이 동굴을 발견했다 하더라도 예까지 쫓아올 리가 없었다.

'천혼 노인네가 살아있다면 몰라도…….'

문득 옛 교부 한 명의 얼굴이 떠올랐다. 다른 교부 교모들과는 달리 자신을 아천이라 부르며 애정을 보였던, 암살과 추적, 은잠에 대한 기술들을 가르쳐주었던 교부.

'아니, 설령 그라 할지라도 아무런 단서가 없는 한 결코 이곳까지 쫓아올 수 없다.'

담우천은 단정지었다.

그리고는 천천히 걸음을 옮겨 절벽으로 향하는 길을 따라 내려가기 시작했다. 키 낮은 수풀들과 바위들 틈으로 난 좁은 길이었다.

우우우웅!

바람소리가 거대한 괴물의 으르렁거리는 울음처럼 낭떠러지 밑에서부터 올라왔다. 담우천이 갑자기 걸음을 멈추고 몸을 낮게 숙인 건 바로 그때의 일이었다.

아무도 없는 줄 알았던 절벽 입구.

그곳에 네 명의 무인이 보초를 서듯 주위를 경계하고 있었다.

담우천이 숨은 곳과는 약 오십여 장의 간격을 두고 있었는데, 그들은 미처 담우천의 기척을 눈치 채지 못한 듯 보였다.

'역시 무적가로군. 이런 외진 곳까지 벌써 손을 써두다니.'

담우천은 바위 뒤에 몸을 숨긴 채 고개만 살짝 내밀고 전면을 주시했다.

절벽 길 입구를 막아선 그들은 폭우를 피하려는 듯 검은 삿갓과 검은 우의를 입고 있었다.

그 행색만을 보자면 일반 무사인 듯했다. 하지만 주위를 경계하느라 살짝 삿갓을 들어 올리는 순간, 보이는 눈빛이 형형하고 관자노리가 튀어나온 걸로 보아 상당한 내공의 소유자들임이 분명했다.

담우천은 다시 한 번 주변의 기척을 확인했다.

저들 네 명의 무인들을 제외하고는 그 어떤 기척도 느낄 수 없었다.

"내 목을 꼭 잡고 있어."

담우천은 자하에게 소곤거렸다.

"두 번 다시 놓치지 않을 거예요."

담우천의 등에 업혀 있던 자하는 그의 귓가에 입술을 대고 속살거렸다.

담우천은 고개를 끄덕인 후 바위와 바위 사이로 몸을 움직여 조금씩 전진해갔다. 절벽 입구 쪽에 서 있는 무인들은 하나같이 눈을 빛내며 담우천이 전진하고 있는 방향을 주시하고 있었다.

그러나 한낮임에도 불구하고 어두컴컴한 날씨에다가 폭

우는 앞이 보이지 않을 정도로 매섭게 몰아치는 중이었다.
그러니 비록 담우천이 한 사람을 업고 있다고는 하더라도
그의 움직임을 쉽게 알아차리기가 매우 힘들었다.

그렇게 천천히 움직이던 담우천은 이윽고 바위와 수풀조
차 전혀 없어서 몸을 은폐할 수 없는 지역까지 이르렀다.

절벽 입구를 지키고 있는 무인들과는 약 삼십여 장의 거
리.

'더 이상 저들에게 들키지 않고 다가가는 건 불가능하
다.'

시야가 탁 트인 공간, 게다가 담우천이 숨어 있는 방향에
서 한 시도 눈을 떼지 않고 있는 네 명의 무인들.

담우천 혼자라도 접근하기 힘들 텐데 지금은 자하마저
업고 있었다.

행여 자칫 무리하게 덤벼들었다가 놈들이 호각을 불 시
간을 준다면 그것처럼 낭패인 일은 없는 것이다.

그렇다고 뒤로 돌아서기에는 저 절벽길의 유혹이 너무나
도 컸다. 절벽길만 건너가면 무적가의 천라지망에서 벗어
나는 거니까.

담우천은 한동안 고민하다가 이윽고 결심한 듯 앞으로
천천히 기어나갔다. 그의 전신이 고스란히 무사들의 시야
에 드러나는 순간이었다.

　　　　＊　　　＊　　　＊

　"죽어라."

　담우천은 손에 쥔 검을 앞으로 뻗었다.

　눈이 멀 것만 같은 백색 섬광이 그 검에서 마치 번개처럼
번쩍! 일었다.

　어둡던 주변이 새하얀 섬광에 물드는 순간 무사들은 저
도 모르게 눈을 감아야 했다. 동시에 서늘한 무언가가 그들
의 목을 스치고 지나갔다.

　그중 한 무사의 입에 댔던 호각은 아무런 소리도 내지 못
하고 바닥에 떨어져 데구루루 굴렀다.

　그게 그들의 마지막이었다.

第四章
천라지망(天羅地網)

"끝까지 막으실 겁니까?"

천혼백은 살짝 입술을 깨물었다. 하지만 곧 고개를 끄덕이며 대답했다.

"당연하지. 그러니 이규 말대로……."

"끝까지 포기하지 말라."

담우천의 갑작스런 말에 천혼백은 말을 하다가 말고 입을 다물어야 했다. 담우천은 천혼백을 똑바로 바라보며 말을 이었다.

"…반드시 살아날 구멍은 있으니까."

천혼백의 눈빛이 흔들렸다.

1. 인내심의 싸움

마침 추위와 비를 피하기 위해 걸치고 있던 곰의 거죽을 이용하려는 계획은 성공적이었다.

보초를 서고 있던 무사들이 곰으로 오인한 덕분에 담우천은 저들이 호각을 불 여유도 주지 않은 채 네 명의 목숨을 단숨에 빼앗을 수가 있었다.

담우천은 아무렇게나 땅에 떨어져 있는 검 한 자루를 더 주워 허리춤에 찬 후 곧바로 절벽으로 향했다.

절벽 중간 지점에 나 있는 불과 두어 뼘 가량의 좁은 길.

바람 한 점 없는 화창한 날씨에도 건너가기 힘들고 두려울 정도로 협소한 길이 무려 삼백여 장 이상이나 절벽을 따라 굽이굽이 이어져 있었다.

담우천은 업고 있던 자하를 가볍게 추슬러 올렸다. 그리고 절벽 길을 따라 조심스럽게 걷기 시작했다.

폭우와 강풍이 맹렬하게 들이닥쳤다.

거대한 괴물의 아가리처럼 깊게 벌려진 절벽 아래쪽에서 세찬 바람이 휘몰아쳤다. 담우천의 옷자락이 심하게 펄럭였다. 비에 흠뻑 젖은 자하의 머리카락조차 산발이 되어 흩날렸다.

'혼자라면 모르되……'

자하를 업고 있는 이런 상황에서 경신술을 펼치는 건 위험한 행동이었다. 자칫 미끄러지기라도 하는 날에는 저 지저갱(地底坑)처럼 어둡고 깊은 절벽 아래로 추락하기 십상이었으니까.

담우천은 한 손으로 절벽을 짚으며 천천히 앞으로 전진했다.

바람이 세찬 까닭일까, 자하는 더욱 세게 그의 목을 끌어안았다.

사선으로 그어지는 굵은 빗방울들이 담우천의 얼굴을 세차게 때리고 있었다. 눈을 뜨는 것조차 힘든 상황, 담우천은 시야를 잃지 않기 위해 최대한 눈을 가늘게 뜬 채로 정면을 바라보았다.

꽤 오랜 시간을 그렇게 조금씩 전진한 담우천이 백여 장 정도 걸어 나갔을 때였다.

갑자기 담우천의 얼굴이 일그러졌다.

등 뒤, 그러니까 무적가 무사들을 해치웠던 절벽 길 입구 쪽에서 난데없는 목소리가 들려왔던 것이다.

"이제 겨우 그곳이더냐?"

매섭고 날카로운 중년사내의 음성.

담우천은 입술을 깨물었다. 벌써 무적가의 추격자들이 이곳까지 쫓아온 것이다.

'어떻게……?'

문득 의구심이 담우천의 뇌리에 떠올랐다.

그의 도주술은 매우 뛰어나서 거의 흔적을 남기지 않았고, 그래서 최소한 이틀 정도의 거리를 떼어놓았다고 생각하고 있었다.

그런데 놈들은 놀랍게도 그 거의 남아 있지 않은 흔적을 따라 예까지 쫓아온 것이다.

도대체 어떤 방식의 추적술을 사용한 것일까.

"담우천! 오래간만에 만나는데 얼굴 한 번 보지 않을 테냐?"

예의 그 중년인의 목소리가 거친 강풍과 폭우를 뚫고 담우천에게 들려왔다.

너무나도 좁은 절벽 길인 까닭에 몸을 틀어 뒤를 돌아보는 간단한 행동조차도 위험하고 어려운 상황이었다. 무엇보다 지금 걸음을 멈춘다면 놈들과의 거리가 더욱 좁혀질 것이다.

그러니 저 중년인의 말은 무시하고 계속해서 앞으로 전진하는 게 옳았다.

하지만 담우천은 걸음을 멈췄다. 그리고 몸을 틀어 등을 벽에 기댄 채 뒤쪽을 돌아보았다.

중년인의 말 때문만은 아니었다. 등을 적에게 내준 상황에서 행여 화살 비라도 쏟아지는 날에는 자하의 안위가 위험했기 때문이었다.

바위산에서 절벽으로 이어지는 산등성이 쪽, 수십 명의 사람들이 빠르게 달려오고 있었다.

그 일단의 무리들 중 선두에 서서 나는 듯 달려오는 노인과 중년 사내.

그들, 특히 푸르스름한 빛으로 전신을 에워싼 노인을 본 순간, 담우천의 표정이 기이하게 변했다.

'천혼 교부……'

수십 년이 지났지만 보자마자 알 수 있었다. 어린 담우천을 끔찍하게 좋아하고 아껴주던, 자신의 모든 것을 전수해

주었던 자의 얼굴이었으니까.

'그랬군. 그가 있었으니까 이토록 빠른 시간에 예까지 쫓아올 수 있었던 거였다.'

담우천은 저도 모르게 고개를 끄덕였다.

사실 담우천의 은잠술이나 도주술은 모두 천혼 교부에게 배운 것이 아니던가.

그러니 부처님 손바닥 안이라고, 천혼이 담우천의 행동이나 도주 경로에 대해 예상하는 건 그리 어렵지 않은 일이었다.

'하지만⋯ 별다른 단서 없이 이 드넓은 천자산에서 이곳 서북부 경계 지역을 콕 찍어서 쫓아올 리는 없을 텐데⋯⋯.'

담우천이 그런 생각을 하는 동안 천혼백의 무리들은 어느 새 절벽 입구까지 다다르고 있었다.

천혼백의 전신은 여전히 빗방울 한 점 묻지 않은 상태였다.

그것은 그가 익힌 무공 중 하나의 특성 때문이었다. 극성(極成)에 이르면 따로 운기하지 않아도 저절로 전신을 보호하는 강막(罡幕)이 펼쳐지는 특성.

천혼백과 중년인, 이규는 그제야 걸음을 멈추고 담우천의 얼굴을 바라보았다.

약 백여 장 떨어진 거리에다가 사방이 어둡고 강풍과 폭우가 휘날리고 있었지만 그래도 그들에게 있어서 서로의 얼굴을, 서로의 눈빛을 읽는 건 아무런 문제가 되지 않았다.

천혼백을 뒤따르던 후위의 무사들이 길게 호각을 불렀다.

끊어지듯 이어지는 호각음이 바위산 저편으로 뻗어나갔다. 동료들에게 담우천을 찾았다고 보내는 신호였다.

천혼백은 그 길게 이어지는 호각소리를 들으면서 담우천을 향해 입을 열었다.

"…오랜만이구나."

감개무량한 표정이었다.

곁에 서 있던 이규의 눈가로 언뜻 질투의 빛이 스치고 지나갔다.

"오랜만입니다, 천혼 교부."

담우천도 말했다.

하지만 따로 인사 따위는 하지 않았다. 그게 불만이었는지 아니면 애초 시빗거리를 찾고 있었는지, 이규가 불쑥 앞으로 걸어 나오며 입을 열었다.

"네 아버지와 같은 분이 아니더냐? 그런데 허리 뻣뻣하게 서서 그 따위로 말하다니, 정말 버르장머리가 없는 놈이

로구나."

담우천은 그를 힐끗 보고는 여전히 무뚝뚝하게 말했다.

"이규로군. 꽤 나이 들어 보이는구나, 이제."

이규의 얼굴이 상기되었다.

"역시 안하무인은 여전하구나. 그래도 내가 형님이고 선배인데 말이지."

"형님이고 선배라……. 그러면 나는 비선의 대장이었지 않았나? 오랜만에 만났다고 경어(敬語)를 잊어버렸나, 이규 조장?"

담우천의 위엄 어린 표정에 이규는 일순 꿀 먹은 벙어리가 되고 말았다.

맞는 말이다. 그리고 지금 이규가 담우천에게 갖고 있는 질투와 시기심의 근본이 바로 그것이었다.

자신의 나이가 훨씬 많음에도 불구하고, 게다가 훨씬 먼저 수련을 시작했음에도 불구하고 비선에서는 담우천이 자신의 직속상관이었다는 것. 사실 그게 이규로 하여금 뭇 교부, 교모들이 담우천에게 보여주었던 애정보다 훨씬 그를 질투하게 만드는 대목이었다.

"웃기지 마라."

이규가 성난 눈빛으로 담우천을 노려보며 말했다.

"비선에서 도망친 자에게 무슨 예의를 갖춘단 말이더냐?"

"비선에서 도망쳤다라. 그건 그렇다 치더라도 네 말대로라면 이제 남남이 된 네게 존대를 하는 것도 우스운 노릇이겠지."

담우천의 말에 이규는 다시 말문이 막혔다.

'빌어먹을 개자식!'

무뚝뚝하고 무표정한 놈이었지만 언제나 저런 식이었다. 말 한 마디 한 마디가 사람의 말문을 막는 재주가 있는 놈이었다. 정말이지 마음에 들지 않는 놈이었다.

"긴 말 할 것 없다!"

이규는 담우천을 노려보며 소리치듯 말했다.

"스스로 무공을 폐하고 내 앞에 무릎을 꿇어라. 그간 인연을 생각, 내 가주께 말씀드려 목숨만은 살려줄 테니까."

담우천은 상대할 가치도 없다는 듯이 대답하지 않았다. 대신 천혼백을 돌아보며 말했다.

"한 가지 궁금한 게 있습니다."

천혼백은 말해 보라는 듯이 그를 바라보았다. 담우천이 말을 이어 질문을 던졌다.

"어떻게 이토록 빨리 추격할 수 있었습니까? 내가 그렇게 많은 흔적을 남겨둔 것 같지는 않은데……."

"바보구나, 너는!"

천혼백보다 이규가 먼저 말했다.

"네 계집의 몸에서 풍겨 나오는 피 냄새를 맡고 왔다. 흥!
여태 그것도 몰랐다니, 아무래도 내가 네놈을 너무 과대평
가한 모양이다."

피 냄새?

담우천은 숨을 깊게 들이마셨다. 일순 그의 표정이 묘하
게 변했다.

그제야 맡을 수 있었던 것이다, 자하의 달거리 냄새를.

달거리를 시작한 지 제법 시간이 흐른 까닭에 이제는 꽤
짙은 혈향을 풍기고 있었는데 담우천은 지금까지 전혀 눈
치를 채지 못하고 있었다.

지나치게 주변 환경, 상황, 적들에 대해 경계를 하느라
정작 자신 주변의 변화에 대해서는 신경 쓰지 못했던 게다.
바로 그 실수가 저들이 이토록 빨리 자신을 쫓아오게 만든
것이고.

'바보구나, 나는.'

담우천은 속으로 한숨을 내쉬었다.

그러나 자책할 시간은 많지 않았고 담우천 또한 지난 실
수에 그리 연연하는 성격이 아니었다.

"결국……."

그는 다시 무표정한 얼굴로 천혼백을 바라보며 물었다.

"끝까지 막으실 겁니까?"

천혼백은 살짝 입술을 깨물었다. 하지만 곧 고개를 끄덕이며 대답했다.

"당연하지. 그러니 이규 말대로 항복을 한다면……."

"끝까지 포기하지 말라."

담우천의 갑작스런 말에 천혼백은 말을 하다가 말고 입을 다물어야 했다. 담우천은 천혼백을 똑바로 바라보며 말을 이었다.

"…반드시 살아날 구멍은 있으니까."

천혼백의 눈빛이 흔들렸다.

그건 천혼백이 교부 시절 아이들을 가르칠 때 누누이 이야기했던 말이었다.

도주하는 것만큼 추격도 어려운 법이다. 그러니 끝까지 포기하지 않으면 추격자들을 피해 살아날 수 있다. 반대로 추격자들 또한 마찬가지다. 포기하지 않으면 반드시 도주자를 잡을 수 있다.

요컨대 도주와 추격은 인내의 싸움이다. 누가 먼저 포기하느냐 하지 않느냐의 싸움.

담우천은 지금 절대로 포기하지 않겠다는 말을 하고 있었다. 누가 더 인내심이 강한지 싸워보자는 뜻이었다.

천혼백은 그 굴하지 않는 담우천의 정신력에 저도 모르

게 감탄했다.

'역시 내가 제대로 키웠구나.'

2. 만장철벽(萬丈鐵壁)

삐익— 삐이익— 삐익!

호각 소리는 길고 짧게 끊어졌다가 이어지는 식으로 오랫동안 울려 퍼졌다.

긴장한 얼굴로 그 호각음을 듣던 수하 하나가 재빨리 입을 열었다.

"놈을 발견했다고 합니다."

"어디서?"

제갈원이 반사적으로 반응하듯 물었다.

"천자산 서북부 경계지역에 있는 만장철벽(萬丈鐵壁)이라고 합니다."

만장철벽.

천자산의 관문처럼 우뚝 버티고 서 있는 거대한 절벽. 그절벽을 넘어가면 무적가의 세력권에서 벗어나는 건 물론천라지망에서도 탈출하게 되는 것이다.

"역시 재빠른 놈이다, 언제 그곳까지 갔을까."

제갈운을 따르는 삼백들 중 누군가가 감탄하듯 중얼거

렸다.

제갈운이 매섭게 그를 노려보고는 곧장 걷던 방향을 바꾸며 말했다.

"그곳으로 간다. 모든 병력을 만장철벽으로 집중시키고, 아! 자하의 안전은 반드시 확인하도록 하라."

명령을 들은 수하는 곧 호각을 불었다. 조금 전 들려왔던 음색과는 전혀 다른 호각음이 낮게 드리워진 먹장구름을 뚫고 사방으로 흩어졌다.

제갈원은 그 소리를 뒤로 하고 성큼성큼 산길을 내달렸다. 그 뒤로 수백여 명의 무사들이 일제히 방향을 바꾸며 따라오기 시작했다.

거센 폭우와 강풍이 휘몰아치고 있었지만 그들의 앞을 막을 수는 없었다.

무적가의 정예 세력.

그들은 지금 이곳에서 약 오십여 리 정도 떨어져 있는 만장철벽을 향해 무섭게 질주하고 있었다.

*   *   *

'하지만 상황은 네 쪽이 극도로 불리하다.'

위로 백여 장, 아래로 수백 여 장의 깎아지른 듯한 절벽 사이에 홈처럼 패인 좁은 길. 그러니 마음대로 경신술을 펼치기는커녕 제대로 한 걸음조차 떼기 힘든 상황. 거기에 무공도 모르는 여인을 업고 있는 담우천.

반면 이쪽은 수십 명의 무인들이 포진하고 있었고 얼마 지나지 않으면 몰려들 수백 명의 원군들이 있었다.

사실 저 좁은 절벽길로 달려가 싸울 필요도 없었다. 활과 화살, 창 등의 무기로 압박하다보면 결국 지치는 쪽은 담우천이니까.

한 번만 실수하면 저 천 길 낭떠러지 나락으로 떨어질 테니까.

그럼에도 불구하고 놈은 끝까지 포기하지 않으려 한다. 그런 눈빛이었다.

'역시……'

하는 생각이 천혼백의 뇌리에 떠올랐다. 교부, 교모들이 애지중지 키운 녀석다웠다.

십여 년 전 녀석을 설득하지 못해 결국 토사구팽(兎死狗烹)했을 때의 아쉬움과 미안한 감정이 새롭게 천혼백의 가슴을 적시고 있었다.

'어쩔 도리가 없지 않은가.'

당시에도 그랬지만 녀석은 결코 포기하지 않을 것이다. 결국 놈은 이곳 절벽에서 죽을 수밖에 없는 운명이다.

천혼백은 한숨을 쉬며 조용히 입을 열었다.

"그럼 죽을 수밖에."

그의 손이 올라갔다.

기다렸다는 듯이, 후위에 서 있던 무사들이 앞으로 달려 나왔다.

이십여 명 가량 되는 그들의 손에는 커다란 강궁(强弓)이 들려 있었고 쇠로 만든 화살이 당겨진 상태였다.

천혼백의 손이 내려가는 순간, 그 이십여 발의 쇠화살은 동시다발적으로 담우천의 전신을 향해 폭사될 것이다.

'어쩌면 한 번은, 혹은 십여 번은 막아낼지도 모르겠지. 하지만 결국 지치는 쪽은, 포기하는 쪽은, 실수하는 쪽은 정해져 있다. 우천, 네 녀석 말이다.'

천혼백은 내심 그렇게 생각하면서도 무슨 이유에서인지 손을 쉽게 내리지 못하고 있었다.

'이걸로 끝인가…….'

천혼백의 가슴 깊은 속에서 피어오르는 한 가닥 아쉬움과 동정심이 쉽게 손을 내리지 못하게 만드는 것이다.

"천혼 교부."

이규의 눈빛이 살모사의 그것처럼 일렁거렸다. 바로 그 순간, 천혼백이 과감하게 손을 내렸다.

"죽여라!"

동시에 이규가 버럭 소리쳤다.

쏴아아아!

거친 폭우 사이로 수십 발의 쇠화살이 담우천을 향해 폭사했다.

일순, 폭우와 강풍이 휘몰아치는 소리가 사라지고 대신 쇠화살들이 날아드는 파공성으로 주변이 가득 울리기 시작했다.

3. 화살 세례

"삼신이 오실 때까지 기다리는 게 낫지 않겠소이까?"

제갈운의 뒤를 따라 질주하던 영고백(影孤伯)이 조심스레 물었다.

폭우와 강풍은 여전했지만 영고백의 전신을 에워싸고 있는 푸르스름한 빛을 뚫지는 못했다.

반면 제갈운은 전신이 흠뻑 젖은 채 전력으로 질주하고 있었다. 그건 내공이나 무위의 수준 차이로 인해 일어나는 현상은 아니었다.

무적가에는 구백들만이 따로 익힐 수 있는 심법이 있는데 그 심법이 극성에 달하면 전신을 보호하는 호신강기막(護身氣幕)이 저절로 펼쳐졌다.

지금 영고백의 전신을 감싸고 있는 푸르스름한 빛이 바로 그 호신강기막이었다.

제갈운은 무적가의 소가주, 어렸을 적부터 최고의 심법과 최고의 무공만을 익혔다.

그런 까닭에 지금에 이르러서는 저 구백들보다 훨씬 강한 무공을 소유하고 있을지도 몰랐다.

단지 지금처럼 저절로 몸을 보호해 주는 심법을 익히지 않았을 뿐이지, 마음만 먹으면 그 역시 언제든지 비를 그을 수 있는 호신강기막을 펼칠 수 있었다.

"언제 올 줄 알고?"

제갈운이 매몰차게 말했다.

"게다가 굳이 그 늙은이들이 필요한 상황도 아니고."

제갈운의 오만한 말투에 영고백은 평소 성격대로 주위 깊게 말을 받았다.

"하지만 녀석은 확실히 위험하오. 놈은 가진 바 무공에 비해 뭔가 알 수 없는 능력이 있소이다. 그러니 최대한……."

"헛소리."

제갈운은 영고백의 조언을 일축했다.

"내 곁에는 삼백이 있소. 그리고 만장철벽에 천혼백이 있고 또 다른 오백들이 속속들이 그곳으로 몰려드는 상황이오. 아무리 퇴물이라고는 하지만 명색이 무적가의 구백이 있는데도 놈을 잡지 못한다는 건 말이 안 되지 않겠소?"

영고백을 비롯한 다른 이백(二伯)이 입술을 깨물었다. 분노의 기색이 그들의 눈가를 스치고 지나갔다.

그러나 제갈운은 전혀 개의치 않고 계속해서 말했다.

"게다가 다름 아닌 내가 이곳에 있소! 설령 놈이 삼두육비(三頭六臂)의 괴물이라 하더라도, 혹은 공적십이마 중 한 명이라 하더라도 내가 있는 한 결코 도망칠 수 없을 것이오."

제갈운의 말은 광오하기까지 했다.

하지만 삼백 중 누구 하나 토를 달지 않았다.

확실히 오만하고 편협하며 자기애(自己愛)가 철철 넘치는 이기적인 성격만 아니라면, 무공에 관해서는 무적가 최고의 고수 중 한 명이라는 것을 누구나 인정하고 있었으니까.

"놈은 전혀 걱정하지 않소. 문제는 자하, 그녀요. 괜한 호승심에, 또 놈을 죽이는데 전력을 다하다가 자칫 그녀의 소중한 몸에 상처라도 생길까 봐 두려운 것이오."

삼백들은 서로를 바라보며 내심 한숨을 내쉬었다.

사랑에 빠진 사내인 게다. 앞뒤 가리지 않는, 눈에 뵈는 게 없는.

"빨리 갑시다. 그녀가 만장철벽의 좁은 절벽길에서 발을 잘못 디뎌 밑으로 떨어지기라도 한다면 큰일이니까. 만에 하나 그런 일이 생기면…….”

제갈운의 눈빛이 서슬 퍼렇게 빛났다.

“모두 죽여버릴 테니까.”

*   *   *

파파파꽉!

수십 발의 쇠화살이 요란한 소리와 함께 벽에 깊숙이 박혔다. 흙먼지와 돌덩어리들이 사방으로 흩어졌다.

일반적으로 화살이라는 건 직선으로 날아가지 않는다. 포물선을 이루며 허공 높이 솟구쳤다가 쏘아진 속도와 하강하는 속도를 더해 쏟아지는 게 바로 화살의 사용법이었다.

또한 화살의 사거리는 아무리 길게 잡아도 오십여 장에 불과했다.

그 이상 날아가지도 않거니와 설령 날아간다 하더라도 살상력은 거의 없다고 봐도 무방했다.

화살은 날아가는 거리에 따라 살상력이 크게 달라지는 무기였으니까.

그런데 저들 무사들이 날린 쇠화살은 전혀 달랐다. 백여 장이나 되는 거리에서 쏘아진 쇠화살은 거의 일직선으로 날아들어 정확하게 절벽에 꽂혔다. 사람이 맞았다면 그대로 관통할 정도의 위력이 실려 있는 게다.

하지만 담우천은 그런 엄청난 살상력과 파괴력이 실린 쇠화살의 세례에도 불구하고 상처 하나 입지 않았다. 그는 제 앞으로 날아드는 모든 화살들을 검으로 후려쳤고, 그 와중에 어느새 왼손에는 쇠화살 하나를 쥐고 있었다.

담우천은 들고 있던 쇠화살을 거침없이 집어 던졌다.

스팟!

마치 한 자루의 창처럼, 뇌전(雷電)처럼 쇠화살은 주변 공기를 갈기갈기 찢어발기며 폭사했다.

"어디서 개수작……. 헉!"

담우천이 화살을 던지는 모습을 보고 비웃으려던 이규가 헛바람을 집어삼키며 황급히 어깨를 틀었다. 담우천의 쇠화살은 눈 깜짝할 사이에 백여 장의 거리를 격하고 이규에게 쏘아졌던 것이다.

바로 그때였다.

바로 이규의 어깨를 관통하려는 것처럼 빠르게 날아들던 쇠화살이 허공 한 가운데에서 우뚝 멈췄다. 이규의 곁에 서 있던 천혼백이 섬전처럼 날아가는 쇠화살을 향해 손을 뻗어 잡은 것이다.

부르르르!

쇠화살이 마치 갓 잡은 물고기처럼 천혼백의 손아귀 속에서 날뛰었다.

이규의 얼굴색이 살짝 변했다. 그 한 수로 인해 자신과 담우천, 그리고 천혼백과의 격차가 어느 정도인지 알게 된 것이다.

원래 수치심은 곧 분노를 일으키는 법이다.

"뭣들 하느냐! 계속 퍼붓지 않고!"

이규가 악을 썼다. 무사들이 다시 쇠화살을 발사했다.

파파파!

쏘아진 쇠화살이 거친 파공음을 내며 허공을 가르는 순간, 무사들은 또 다시 쇠화살을 장전, 발사했다.

순식간에 다섯 번이나 쏘아진 쇠화살들이 절벽 주위를 시커멓게 물들였다.

실로 놀라울 정도로 빠른 활솜씨였다.

백여 발의 화살들이 허공을 가르고 담우천에게 쏘아지는 광경은 정말이지 장관이라 할 수 있었다. 물론 담우천에게 있어서는 불행하고 위험한 광경이었지만.

담우천은 두 눈을 부릅뜬 채 검을 휘둘렀다. 백여 발이라고는 하지만 그게 모두 자신을 향해 덮쳐오는 건 아니었다. 저 정도 속사(速射)에 명중률까지 백중백발(百中百發)이라

면 백여 발 중 스무 발 정도만 막으면 된다. 나머지는 담우천의 주위 절벽에 박힐 것이므로,

담우천은 침착하게 검을 휘둘렀다.

챙! 챙! 챙!

검과 쇠화살이 부딪치는 소리가 요란했다.

팍팍팍팍!

쇠화살이 절벽을 꿰뚫듯 파고드는 소리도 쉬지 않고 울려 퍼졌다. 그 요란한 소리들이 연속해서 퍼지는 가운데 이규의 악다구니가 튀어나왔다.

"뭣들 하느냐! 계속 쏘라니까!"

그는 발을 동동 구르며 소리쳤다.

"쏘고 또 쏘라구! 놈이 지쳐서 검을 휘두를 힘이 없어질 때까지!"

무사들은 화살통의 화살들이 모두 비워질 때까지 쉴 새 없이 손을 놀렸다.

수백여 발의 화살이 폭우와 강풍을 가르며 바위산에서 절벽을 향해 날아들었다.

담우천은 쉬지 않고 손을 놀렸다. 허공을 향해 휘둘러지는 그의 검은 곧 방패가 되었고, 단 한 자루의 쇠화살도 그 방패를 관통하지 못했다.

역시 담우천이라는 소리가 절로 나올 법한 광경이었다.

절벽에는 수많은 쇠화살들이 고슴도치의 가시처럼 박혀 있었는데, 담우천은 여전히 아무런 부상을 입지 않았다.

언뜻 보기에는 담우천의 압도적인 승리 같았다. 그러나 속사정을 들여다보면 꼭 그런 것만은 아니었다.

절대적인 파괴력과 살상력을 가지고 쏘아져오는 쇠화살을 막는 것이니만큼 담우천 또한 상당한 내력을 소모하고 있었다.

게다가 그의 검과 쇠화살이 한 번 부딪칠 때마다 혹은 쇠화살을 튕겨낼 때마다 적지 않은 압력과 통증이 담우천의 손목을 자극했다.

'화살이 모두 떨어질 때까지만 버티면 된다.'

담우천은 그렇게 생각하며 한껏 내공을 끌어올렸다. 그의 검이 보이지 않을 정도로 빠르게 움직였다.

우우웅!

기묘한 소리와 함께 그의 전면에 투명한 막 같은 것이 생겨나는 순간이었다.

"검막(劍幕)?"

이규가 눈살을 찌푸리며 중얼거렸다.

검으로 만든 투명한 방패. 그것은 검강(劍罡)과 정반대의 개념이라고 할 수 있는, 절정의 수법이었다.

담우천이 만들어낸 검막에 부딪치는 순간, 섬전처럼 쏘

아지던 쇠화살들은 그보다 훨씬 빠르게 튕겨나가거나 혹은 부러진 채 절벽 아래로 떨어져 내렸다.

"쏘라구! 계속 쏴!"

이규가 악을 썼다.

한없이 계속 이어질 것만 같은 공방이 어느 순간 멈췄다.

허공을 가르던 화살들이 더 이상 보이지 않았다. 마침내 준비해 온 화살들이 모두 소진된 것이다.

활을 든 무사들은 어쩔 줄을 몰라하며 이규를 바라보았다.

이규가 눈을 부라렸다.

담우천이 천천히 검막을 거뒀다. 무리를 해가면서까지 검막을 펼친 보람이 있었다.

이제 도망치기만 하면…….

담우천은 힐끗 천혼백을 바라보고는 몸을 돌려 절벽 길을 따라 걸으려 했다.

바로 그때였다.

"어딜 도망치려 하느냐?"

천혼백은 크게 소리치더니 지면을 박차고 크게 도약, 두 팔을 벌린 채 허공을 날았다.

第五章
사제지간(師弟之間)

물론 천혼백에게 모든 것을 다 배운 건 아니었다. 외려 그에게, 아니 당시 교부 교모들에게 배운 무공 중에서 지금껏 사용하고 있는 건 단 하나도 없었다.

　사실 그들과 함께 보냈던 시간은 담우천을 비롯한 아이들이 최절정 고수가 될 수 있는 그릇이 되도록 만들어 주는 과정이라고 보면 되었다.

1. 빠름의 대결

파라락!

옷자락이 강풍에 휘날리는 소리가 굉음처럼 들려왔다. 담우천은 반사적으로 고개를 돌렸다.

백여 장 떨어진 곳에서 몸을 날린 천혼백이 허공을 날아오는 모습이 보였다.

'설마······.'

아무리 경공술이 뛰어나다고 하더라도 인간의 몸으로 무려 백여 장이라는 거리를 날아올 수는 없었다.

일반 고수라면 불과 육칠 장, 일류가 넘어 절정에 이른

자라면 이십여 장, 경공의 달인이라는 소리를 들을 정도의 경지라면 사오십여 장의 도약이 한계였다. 또 그래서 담우천은 안심하고 등을 보여준 것이다.

그런데 천혼백은 지금 절벽 길을 따라 걸어오는 게 아니라 바위산 기슭에서 도약하여 낭떠러지 위를 날아올라 단번에 담우천이 있는 곳까지 당도하려는 것이었다.

미친 걸까. 아니면 자신이 있는 걸까.

담우천은 검을 쥔 채 천혼백이 날아오는 광경을 물끄러미 지켜보았다.

아니나 다를까.

삼십여 장을 날았을까, 한 마리 독수리처럼 빠르게 허공을 가르던 천혼백이 갑자기 아래로 추락하기 시작했다. 그의 발밑은 까마득한 낭떠러지, 어디에고 다시 도약할 디딤대는 보이지 않았다.

바로 그 순간, 천혼백은 담우천이 서 있는 절벽을 향해 왼손을 휘저었고 동시에 그의 신형이 다시 공중으로 치솟았다. 상식적으로 믿을 수 없는, 경험적으로 있을 수 없는 광경이 담우천의 눈앞에 펼쳐졌다.

그러나 담우천은 놀라거나 당황하지 않았다. 담우천은 그 짧은 순간, 천혼백의 소맷자락에서 뻗어나가는 한 줄기 빛을 보았던 것이다.

그 빛은 거미줄처럼 투명하면서도 너무나 가느다래서 정오의 햇살이 작렬하는 대낮이라 하더라도 결코 알아차릴 수 없는, 한 가닥의 실이었다.

그리고 담우천은 그 투명한 거미줄과 같은 실의 정체를 이미 알고 있었다.

'은형천잠사(隱形天蠶絲).'

그 어떤 실보다 가늘고 투명하지만 그 무엇보다 강하고 질긴 실.

거기에 일반 천잠사와는 달리 투명하기까지 하여 암기(暗器)로 더욱 빛을 발하는 게 은형천잠사였다.

천혼백의 소맷자락에서 뻗어 나온 은형천잠사는 칠십여 장의 거리를 격하고 정확하게 담우천이 서 있는 절벽에 파고들었다.

곧바로 천혼백이 그 은형천잠사를 잡아당기자 추락하던 그의 몸이 마치 재차 솟구쳐 오르는 것처럼 보였던 것이다.

왼손으로 은형천잠사를 끌어당기며 빠르게 날아 거리를 좁혀오던 천혼백이 다시 담우천을 향해 오른손을 뻗은 건 바로 그 직후의 일이었다.

일순, 눈에 보이지도 않는 은형천잠사가 담우천의 가슴을 향해 일직선으로 쏘아졌다.

소리도 빛도 없었다. 그 누구도 눈치 채지 못할 기습이었다.

기습을 당한 자는 영문도 모른 채, 어떤 물건이 제 가슴의 심장을 관통했는지도 모른 채 목숨을 잃게 되는 것이다.

하지만 담우천은 달랐다.

천혼백이 오른손을 뻗는 순간 그는 기다렸다는 듯이 몸을 솟구쳤다. 동시에 보이지 않는 날카로운 예기가 그의 발밑을 스치고 지나갔다.

'위로 도망치려고? 어림도 없는 소리! 깎아지른 듯한 절벽에서 어디 잡을 데라도 있다는 말이냐?'

그 광경을 지켜보고 있던 비웃음을 치던 이규의 얼굴이 일순 딱딱하게 굳어졌다.

절벽 길 위쪽으로, 단번에 사오 장의 높이까지 도약한 담우천이 다시 하강하면서 고슴도치의 가시처럼 빽빽하게 절벽에 박혀 있는 쇠화살들을 딛고 우뚝 선 것이다.

졸지에 담우천과 자하 두 사람의 몸무게를 지탱하게 된 쇠화살은 한 번 크게 휘청했지만 이내 다시 원상태로 돌아갔다.

담우천은 조금 전 쏘아졌던 쇠화살들을 자신의 디딤대로 이용하고 있었다.

"여전하구나, 눈썰미는!"

천혼백은 방금 펼쳐낸 회심의 일격이 무위로 돌아간 것

이 외려 기쁘다는 투로 소리치며 절벽으로 날아들었다. 그리고는 조금 전 담우천이 했던 것처럼 우아하게 쇠화살을 딛고 마주섰다.

방금 전까지만 하더라도 백여 장 떨어져 있던 그들 간의 간격은 이제 불과 일 장의 거리도 되지 않았다.

담우천이 가볍게 한숨을 쉬었다.

"꼭 이래야 하겠습니까?"

"어쩔 수 없다."

천혼백은 양 손을 길게 늘어뜨린 채 말했다.

담우천만이 아니었다. 천혼백 또한 사실 담우천과는 대적하기 싫은 게다. 근 십여 년 이상을 제 자식보다 더 공들여 키운 자가 아니겠는가.

하지만 조직에 얽매여진 이상 개인의 사사로운 감정은 접어둬야 했다.

명령과 복종. 그게 하나의 조직을 지탱하는 근간이므로.

두 사람의 얽히는 속마음을 읽었던 것일까. 갑자기 천둥이 치고 번개가 작렬했다.

문득 무언가가 천운백의 양 손끝에서 희미하게 반짝였다. 어느새 회수한 은형천잠사인 것이다.

담우천은 검을 앞으로 뻗었다.

"무극섬사를 펼칠 생각이냐?"

천혼백은 양 소매를 한 차례 털면서 물었다.

담우천은 고개를 끄덕였다. 천혼백의 입가에 희미한 미소가 스며들었다.

"극성으로 익혔겠지?"

"물론입니다."

"좋아, 어디 한 번 볼까?"

천혼백은 천천히 소매를 들어 올리며 말했다.

"나도 쾌초(快招)를 하나 익혔지. 은형섬전사(隱形閃電絲)라는 건데, 제법 빠를 거다."

은형천잠사를 이용한 쾌초인가 보군.

"자네가 배운 무극섬사를 기초로 한 게거든. 처음에는 조금 고생했지만 말이지, 지금에 이르러서는……."

그는 미소를 잃지 않고 말했다.

"나름대로 빠르기에 관해서만큼은 누구에게도 지고 싶지 않다는 생각을 가지고 있지."

담우천은 무뚝뚝하게 대답했다.

"기대하겠습니다."

물론 천혼백에게 모든 것을 다 배운 건 아니었다. 외려 그에게, 아니 당시 교부 교모들에게 배운 무공 중에서 지금껏 사용하고 있는 건 단 하나도 없었다.

사실 그들과 함께 보냈던 시간은 담우천을 비롯한 아이

들이 최절정 고수가 될 수 있는 그릇이 되도록 만들어주는 과정이라고 보면 되었다.

제대로 된 자세와 수련 방법, 모든 무공의 뼈대가 되는 기본공(基本功), 무공에 대한 이해, 무림에 대한 공부, 그리고 은신과 추격에 대한 방법 등등.

교부, 교모들은 누가 따로 가르쳐주기에는 애매하지만 반드시 익혀 두어야 하는 것들에 대해서 당시 아이들에게 집중적으로 가르쳐 두었다.

하지만 그래도 굳이 따지자면 이른 바 사부라고 할 수 있겠다.

사제지간(師弟之間)이라는 관계가 그리 어색하지 않는 사이였으니까.

그러니 어쩌면 지금은 아주 오래간만에 만난 사제지간이, 그 동안 서로 얼마나 성장했는지 혹은 얼마나 변했는지 손을 섞어보는 광경일 수도 있었다.

적어도 두 사람이 나누는 대화만큼은 그러했다. 애정과 경의가 담겨 있는.

물론 그 사이사이에 들어 있는 살기만큼은 어쩔 도리가 없는 일이겠지만 말이다.

천혼백은 자애롭게 웃으며 말했다.

"괜히 양보할 생각은 하지 마라."

담우천이 대꾸했다.

"전력을 다하겠습니다."

"당연히 그래야지."

라고 천혼백이 말하는 순간이었다.

그는 소매를 펼쳤고 두 개의 희미한 빛이 그 소매 속에서
섬전처럼 뻗어 나왔다.

동시에 담우천의 검이 한 줄기 빛으로 변했다. 빛과 빛이
허공 한 가운데에서 맹렬하게 스치고 지나치며 서로를 향
해 폭사했다.

콰콰콰쾅!

때마침 우레가 내리쳤다.

번쩍!

번개가 작렬하면서 굵은 빗방울들이 새하얗게 반사되었
다. 담우천과 천혼백의 얼굴이, 그들의 검과 은형천잠사가
번갯빛에 고스란히 드러났다.

2. 사부였다

번쩍했던 번갯빛이 사라지는 순간 사방은 마치 암흑 속
으로 잠겨드는 것만 같았다. 그리고 그 끝없는 어둠 속에서
누군가의 신음이 나지막하게 들려왔다.

"으음……."

담우천이었다.

그의 양쪽 어깨에 난 조그만 상처에서 피가 흐르고 있었다. 그나마 불행 중 다행이라고 할 수 있는 건, 뼈나 근육이 다치지는 않았다는 점이었다.

"아직 부족하다, 아천."

어둠 저편에서 천혼백의 목소리가 들렸다.

아천, 아천이라…….

"겨우 그깟 상처에 신음을 흘리다니, 적의 사기를 올려줄 필요는 없지 않느냐?"

천혼백의 목소리는 따뜻했고 부드러웠다. 담우천은 아무런 대꾸를 하지 않았다.

"한 끗 차이였던가?"

천혼백이 물었다.

"반 끗 차이였습니다."

담우천은 그제야 입을 열었다.

"그렇군. 역시 무당파(武當派)야……."

천혼백은 천천히 고개를 끄덕이며 중얼거렸다.

"검정중원(劍征中原)이라고 했던가? 확실히 검에 관해서는 무당파를 이길 수가 없군그래."

무당파는 소림사와 더불어 무림의 태산북두라고 불리는

양대문파 중 하나였다.

밤하늘의 수많은 별처럼 무수히 많은 문회방파들 중에서 가장 크고 가장 오래 빛을 발하는 문파.

사람들은 그 무당파의 무공을 가리켜 검정중원이라고 했다. 그것은 검으로 중원을 정복한 문파라는 뜻으로, 무당파의 무공이 어느 것에 특화되어 있는지 정확하게 설명하는 사자성어였다.

"끝까지……"

천혼백의 목소리에서 힘이 사라지고 있었다. 담우천은 손을 뻗으려다가 마음을 고쳐먹었다.

"정진하도록… 알겠지?"

장하게 쏟아지는 빗줄기와 매섭게 휘몰아치는 강풍 때문에 그의 목소리는 거의 들리지 않았다. 담우천은 입술을 깨물다가 대답했다.

"알겠습니다."

"좋아……"

천혼백의 힘없는 목소리에는 여전히 부드러운 웃음기가 스며 있었다.

담우천은 눈을 가늘게 떴다.

어둠 속 저편으로 천혼백이 천천히 뒤로 넘어지는 광경이 흐릿하게 보였다.

하기야 목젖에 구멍이 난 상태로 지금껏 쇠화살을 디딘 채 버티고 서 있었던 것만으로도 대단한 일이었다. 그러나 이제 기력이 쇠하고 생기(生氣)가 사라지자 결국 더 이상 버틸 수가 없게 된 것이다.

그렇게 천혼백은 허공을 날 듯 낭떠러지 아래로 추락했다. 구백의 죽음 치고는 너무나도 허무한 마지막이었다.

"바보 같으신 분."

담우천은 입술을 깨물었다.

마지막까지 봐주다니…….

담우천은 잘 알고 있었다. 마지막, 은형섬전사가 자신의 어깨를 관통하려는 순간 천혼백이 갑자기 힘을 뺐다는 것을. 그래서 뼈와 근육이 손상되는 중상을 입지 않아도 되었다는 사실을 말이다.

"사부였나요?"

지금껏 숨죽이고 있던 자하가 조심스레 물었다. 담우천은 천천히 대답했다.

"그래, 내 사부였다."

*   *   *

"이, 이런…….."

천혼백이 만장철벽 아래로 추락하는 광경을 본 이규는 불끈 쥔 주먹을 부르르 떨며 이를 갈았다.

천혼백이 죽었다는 아쉬움이나 안타까움 때문이 아니었다. 천혼백을 잃고도 담우천을 죽이지 못했다는 게 분할 따름인 게다.

또 구백 중 한 명을 상대할 정도로 놈의 실력이 대단하다는 것에 질투심이 폭발했던 것이다.

"어떡할까요?"

이규를 따르는 백팔비들 중 한 명인 철환비가 차후 대책을 물어왔다.

"으음."

이규는 정신을 차리고 고민하기 시작했다.

이미 쇠화살은 모두 소진된 상태였다. 수적인 우세는 변함이 없지만 지리적 문제가 있었다.

상대는 한 사람이 겨우 걸어갈 수 있을 정도로 좁은 절벽 길에 있었고, 놈을 공격하려면 한 명씩 줄을 서서 그 길을 따라 가야만 했다.

그것은 역습은 물론, 자칫 몰살당할 위험도 있는 공격 방법이었다.

아무리 질투와 분노로 감정의 과잉 상태가 되었다고는 하지만 그래도 아군을 사지(死地)로 몰아넣을 정도로 어리

석은 이규는 아니었다.

그는 애써 냉정을 되찾으며 고민했다.

'지금으로써는 원군이 오기 전까지 놈의 발목을 잡는 게 최선이다. 어떤 식으로 잡아야 하는가가 문제인데…….'

이규는 머리를 굴리면서 담우천을 바라보았다.

폭우와 강풍, 먹장구름으로 인해 가뜩이나 음울하게 어두워진 날씨가 시간이 흐르면서 점점 더 어두워지고 있었다.

게다가 조금 있으면 해가 질 시각이었다. 사방이 칠흑처럼 어두워지면 놈을 쫓기가 더 힘들어진다.

'결국 내가 나설 수밖에 없는가.'

이규는 입술을 깨물었다. 놈의 발목을 잡을 수 있는 사람은 예서 오직 그뿐이었다.

그는 '비록 놈을 죽이지는 못하더라도 최대한 시간을 끌 수는 있을 거다.'라는 생각을 하면서 철환비와 냉환비들을 돌아보며 말했다.

"내가 놈의 발목을 붙잡는다. 그동안 이곳의 지휘는 철환비에게 맡긴다. 너희들은 원군들이 어디까지 왔나 살펴보고 최대한 빨리 이곳으로 올 수 있게끔 안내해 주도록."

"알겠습니다."

냉환비와 운환비는 고개를 끄덕이고는 곧 바위산 쪽으로

몸을 돌렸다.

그때였다. 바위산 저편에서 한 무리의 무사들이 또 다시 나타났다.

이규 측 무사의 호각소리를 듣고 달려온 지원군들이었다. 절벽 길을 향해 막 몸을 날리려다가 그들을 본 이규가 반색하며 소리쳤다.

"왜 이렇게 늦었어!"

"어디서 함부로 말하는 게냐, 이규!"

이규는 저도 모르게 소리쳤다가 벼락같은 꾸지람에 깜짝 놀라 지원군들의 면면을 훑었다.

선두에서 달려오고 있는 자들의 얼굴을 확인한 그는 얼른 허리를 굽혔다.

'소가주께서 친히 오시다니.'

그랬다.

지금 선두에서 달려오고 있는 자들은 영고백을 위시한 삼백들과 소가주 제갈원이었다.

그 뒤로 칠군이십육비를 비롯하여 수백여 명의 무사들이 바위산 전체를 뒤덮듯 달려오는 중이었다.

단숨에 바위산 기슭을 지나 이규의 곁으로 달려온 제갈원은 그는 알은척도 하지 않은 채 만장철벽을 쏘아보며 소리쳤다.

"어딜 도망치려 하느냐!"

이때 담우천은 쇠화살들을 밟고 다시 절벽 길로 내려가던 참이었다. 힐끗 뒤를 돌아본 담우천의 표정이 살짝 일그러지는 듯했다.

'벌써들 왔는가?'

아쉬운 일이었다. 쇠화살들과 천혼백이 그의 발목을 잡고 있는 동안 놈들의 정예부대가 도착한 것이다.

그러나 담우천은 여전히 침착하고 태연한 모습으로 절벽 길로 내려섰다.

"멈추라니까!"

제갈원이 버럭 소리치며 일장을 휘갈겼다.

퍼엉!

경천동지한 굉음과 함께 그의 손바닥에서 가공할 위력의 장력이 뿜어져 나오더니, 무려 백여 장이나 되는 거리를 격하고 일직선으로 뻗어나갔다.

담우천은 황급히 걸음을 멈췄다.

콰콰쾅!

장력은 정확하게 그의 바로 전면의 절벽을 후려쳐 갈겼다. 흙먼지가 일고 돌덩이들이 떨어졌다.

담우천은 장력이 부딪친 벽면을 훑어보았다. 지름이 반 장 가까이 되는 크기의 공간이 움푹 파여 있었다.

마치 거인이 손을 뻗어 절벽 면을 한 움큼 잡아떼어 낸 듯한 모습이었다.

"계속 도망쳐 봐라! 이번에는 네 면상을 박살낼 테니까."

제갈원은 손바닥을 평평하게 폈다. 손바닥 주위가 붉게 달아오르는가 싶더니 이내 붉은 색 화염이 일렁이듯, 손바닥 위에서 타오르기 시작했다. 그 주변으로 언뜻 언뜻 푸른 색 기운도 엿보이고 있었다.

'화염신장(火焰神掌)… 보아 하니, 구성(九成)의 경지에 이른 것 같구나.'

화염신장은 무적가의 비전절기 중 하나였다. 극성의 경지에 이르면 도깨비불처럼 푸른 빛 화염이 손을 뒤덮는데, 그 일격에 격중당하는 순간 견딜 수 없는 열기에 휩싸여 불타 죽는다고 했다.

제갈원은 불꽃이 일지 않는 왼손으로 담우천을 가리키며 다시 외쳤다.

"자하를 내놓아라! 그럼 목숨만은 살려줄 테니까."

담우천은 가만히 제갈원을 노려보았다.

자하를 괴롭힌 놈이었다. 그녀를 능욕한 자였다. 그런데도 감히 지금 담우천에게 그의 아내를 내놓으라고 소리치고 있는 것이다.

'죽이고 싶다. 죽이고 싶다. 놈을 죽이고 싶다…….'

억제할 수 없는 살기가 그의 전신을 휘감는 순간이었다.

"도망칠 수 있겠어요?"

자하가 소곤거렸다. 담우천은 화들짝 이성을 되찾았다.

그래. 아직은 때가 아니다. 지금은 우선 이곳을 빠져나가야 한다.

'어떻게?'

절벽 길을 내달려 도주할까.

"헛된 생각은 집어치워!"

마치 담우천의 생각이라도 읽은 듯이 제갈원이 소리치며 다시 일장을 휘둘렀다.

붉은 빛 화염이 그의 손을 떠나 담우천이 서 있는 절벽을 향해 날아들었다.

담우천은 뒤로 물러났다.

콰콰콰!

화염은 정확하게 담우천이 서 있던 자리에 격중했고, 또다시 흙먼지와 돌덩어리들이 사방으로 흩어졌다.

담우천은 발밑을 내려다보았다.

아무것도 보이지 않았다. 방금 날아든 그 한 방으로 절벽 길이 끊어진 것이다.

"조금만 움직여봐라, 아예 길 자체를 없애버리마!"

제갈원의 말은 위협이 아니었다. 확실히 놈에게는 그럴

만한 능력이 있었다. 게다가 놈의 뒤에 서 있는 삼백들의
실력 또한 결코 간과해서는 안 되었다.

'절벽 길은 힘들겠군.'

그렇다면…….

담우천은 절벽 위를 힐끗 쳐다보았다. 약 백여 장 정도의
깎아지른 듯한 절벽. 무언가 잡고 올라갈만한 것도, 발을
디딜만한 틈도 보이지 않았다.

만장철벽이라더니, 확실히 그 이름과 위용에 어울리는
절벽이었다.

'어떻게, 어떤 식으로 이곳을 탈출해야 할까.'

담우천의 얼굴에 음울한 그림자가 스며들었다.

3. 틈이 생길 때까지

짝!

뺨을 때리는 소리가 경쾌하게 울려 퍼졌다.

"바보 같은 녀석!"

제갈원은 다시 한 번 이규의 뺨을 후려쳤다. 이규의 고개
가 매섭게 돌아갔다.

제갈원은 그를 잡아먹을 듯한 눈빛으로 노려보며 물었
다.

"저 쇠화살들은 뭐냐?"

뒤늦게 담우천의 주변의 벽면에 박혀있던 쇠화살들을 본 제갈원은 곧바로 이규를 불렀고, 한달음에 달려온 이규는 다짜고짜 뺨을 얻어맞고 욕설을 들어야 했다.

무슨 영문인지도 모르지만 어쨌든 이규는 부동자세로, 돌아갔던 고개를 원상태로 회복시켜 숙이며 대답했다.

"놈을 잡기 위해서……."

"그러니까 바보란 말이다!"

짝!

소리가 또 한 번 들려왔다.

이규의 입술이 터지고 피가 튀었다. 그의 뺨은 시퍼렇게 멍이 들고 퉁퉁 붓기 시작했다.

그러나 이규는 다시 고개를 숙였다.

자존심 강하고 오만한 그였지만 상대는 어디까지나 무적가의 소가주였다.

하지만 제갈원은 그런 이규의 모습에 더욱 약이 오른 모양이었다. 그는 아예 주먹을 불끈 쥐고 고개 숙인 이규의 정수리를 내리쳤다.

바로 그때였다.

"그럴 때가 아니오, 소가주."

영고백이 한 걸음 앞으로 나서며 입을 열었다.

이규의 정수리를 박살내려던 제갈원의 주먹이 허공에서 멈췄다. 영고백은 제갈원을 똑바로 바라보며 말을 이었다.

"지금은 놈에게 집중해야 하오. 이규에 대한 문책은 그 이후에 해도 늦지 않소이다."

"흥!"

제갈원은 못마땅하다는 표정이었지만 그래도 아직 이성은 남아 있었던지 주먹을 내렸다.

그리고는 다시 이규를 쏘아보며 말했다.

"만에 하나 저 쇠화살에 의해 자하가 죽었더라면… 네놈은 지금쯤 저승길을 헤매고 있었을 것이다."

그제야 비로소 이규는 알 수 있었다. 왜 자신이 욕을 먹고 뺨을 얻어맞아야 했는지.

'그러니까 그 계집 때문에 충성스러운 부하의 뺨을 때리고 욕설을 퍼부었다는 거지? 내가, 이 천하의 이규가 그깟 계집 하나보다 못한 존재라는 거지?'

고개를 숙인 채 이규는 이미 찢어진 입술을 깨물었다. 녹슨 쇠와 같은 맛이 입 안으로 흘러들었다.

불쾌함, 짜증, 증오, 분노 등의 온갖 감정들이 그 피맛에 녹아들고 있었다.

"놈은 끝까지 저항할 생각이외다."

영고백은 제갈원이 다시 발작을 일으키기 전에 얼른 입

을 열었다.

이규를 노려보던 제갈원의 시선이 영고백으로 향했다. 영고백은 침착하게 그를 바라보며 말을 이어나갔다.

"지금 같은 대치상황에서는 놈을 생포하기가 무척 어렵소이다. 만약 놈이 우리에게 잡히느니 죽는 게 낫다고 생각한다면 스스로 저 낭떠러지 아래로 떨어질 수도……."

"헛소리 좀 하지 마시오."

제갈운은 짜증 섞인 목소리로 말했다. 영고백의 얼굴이 살짝 붉어졌다.

"놈은 말이지, 단 혼자서 이곳 무적가에 잠입한 놈이오. 제 아내를 구출하기 위해서 말이지. 그런 놈이 죽음을 선택한다고? 제발 좀 뭣도 모르는 소리는 하지 마시오."

영고백은 아무런 말없이 제갈운의 비아냥거리는 소리를 듣고만 있었다.

"놈을 생포할 방법이 없다고? 그렇게 머리가 돌아가지 않소? 방법은 있소. 놈이 제 목숨보다 소중하게 여기는 제 아내를 죽이겠다고 협박하는 것이오. 지금이야 상황에 여유가 있으니까 저렇게 이곳저곳 살피며 도망칠 궁리를 하고 있지, 만약에 제 아내가 위기에 봉착하게 된다면 결국 우리에게 무릎을 꿇을 것이오."

제갈원의 추측은 매우 예리했다.

확실히 담우천에게 있어서 자하는 그 어떤 것보다 우선하는 존재였으니까.

반면 듣고 있던 영고백은 이해가 가지 않는다는 얼굴이었다.

그는 자신이 제갈원으로부터 받았던 수모에도 불구하고 다시 입을 열었다.

"그렇다면 더욱 이상하오. 만약 그런 의중이셨다면 소가주께서 그녀를 돌려달라고, 그녀를 돌려주면 목숨만은 살려주겠다고 하면 안 되는 것이 아니외까?"

"정말 이해를 하지 못하는군, 내 말을."

제갈원은 한숨을 쉬며 말했다.

"생각해 보오. 내가 그녀를 아끼고 좋아한다는 건 놈도 잘 알고 있소. 그런데 다짜고짜 그녀의 목숨을 가지고 협박한다면 과연 놈이 믿어줄까? 당연히 믿지 않을 것이오."

영고백은 자신도 모르게 고개를 끄덕였다.

"그렇지만 내가 '차라리 네놈에게 넘길 바에는 그녀를 죽여 버릴 거다.' 라고 말한다면 그건 또 나름대로 설득력이 있는 말이 되거든. 사실 그런 생각이 들지 않는 것도 아니니까. 놈에게 빼앗기느니 차라리 죽여 버리는 게 낫거든."

영고백은 제갈원의 속마음을 이해해보려 했지만 도저히 이해가 가지 않았다.

하지만 지금 제갈원의 이야기로 인해 한 가지만은 확실하게 알 수 있었다.

'소가주, 의외로 냉철하게 정국을 파악하고 있구나. 게다가 머리 씀씀이도 뛰어나고.'

패륜아, 호색한으로 알고만 있었던 제갈원이 아닌 게다. 나름대로 무적가의 가주 수업을 받은 만큼 그 역량 또한 결코 평범하지 않았다.

"사실 그런 의미에서 보자면 이규가 쇠화살을 날린 건도 우리에게는 도움이 되지. 허나!"

제갈원은 이규를 노려보면서 말을 이었다.

"알고 그렇게 행동한 것과 알지 못한 채 무작정 행동한 것과는 전혀 다르거든. 만약 이규 네 녀석이 나와 비슷한 뜻을 가지고 행동했다면 결코 네 뺨을 때리지 않았을 것이다. 외려 칭찬했겠지. 그래서 물어본 게다. 왜 쇠화살을 날렸느냐고 말이다."

그때 만약 이규가 자하의 목숨을 두고 협박하기 위해서, 라는 식으로 대답을 했더라면 확실히 제갈원은 지금처럼 화를 내지 않았을지도 모른다.

그러나 그게 무슨 상관이 있는가.

이미 이규는 치욕적인 일을 당했고 수하들 앞에서 굴욕을 느껴야 했는데.

"그렇다면 다시 쇠화살을 쏘는 것도 한 방법이겠소이다. 적어도 놈이라면 자신이 죽더라도 그녀가 다치게 하지는 않을 테니까."

영고백의 말에 제갈원은 고개를 끄덕이며 대답했다.

"그렇소. 그것도 한 방법이오. 하지만 지금은 위험하오."

제갈원은 만장철벽을 돌아보며 말을 이었다.

"만일 놈의 의지와는 무관하게, 그러니까 중상을 입는 바람에 발을 헛디뎌 절벽 아래로 떨어지기라도 하는 날에는 정말 큰일이니까."

"그럼……."

"어쨌든 놈을 저기에서 나오게 하는 게 최우선이오. 놈을 생포하든 죽이든, 어쨌든 절벽 아래로 떨어지는 불상사가 없는 곳에서 해야 하오."

"그럼 어떻게 놈을 저곳에서 나오게 하실 생각이시오?"

"바보라니까 정말!"

명색이 삼신구백으로, 무적가 무사들의 무한한 존경을 받는 영고백의 얼굴 근육이 실룩거렸다.

그의 곁에 서 있던 다른 두 명의 구백들 또한 표정이 심상치 않게 변했다.

하지만 제갈원은 그러거나 말거나 전혀 신경을 쓰지 않았다. 그는 영고백의 표정 따위는 전혀 관심이 없는 듯 오로지 절벽의 담우천과 그에게 업혀 있는 자하만을 바라보며 다시 입을 열었다.

"우선은 놈을 구슬려 봐야 하지 않겠소? 그래, 천혼백이 놈과 친하게 지냈다고 했던가? 그라면 어느 정도 설득할 수 있을 것이오. 뭐 설득이 안 된다 하더라도 틈을 노려서 기습을 펼칠 수는 있겠지. 그래, 천혼백은 지금 어디 있나?"

그의 물음에 답하는 이는 아무도 없었다. 이규가 앞으로 나서며 말했다.

"놈과 싸우다가 낭떠러지 아래로 추락하셨습니다."

"뭐라고?"

영고백이 놀라 물었다.

한쪽 얼굴이 퉁퉁 부어올라 제 모습을 잃어버린 이규는 낮은 목소리로 다시 한 번 말했다. 이번에는 조금 더 당시 상황 설명을 부연하여 말했다.

"으음……."

영고백을 위시한 삼백들이 침음성을 흘렸다.

믿을 수 없는 일이었다.

아무리 담우천이 강하다 하더라도 천혼백마저 해치운다는 건 전혀 예상하지 않은 일이었다.

구백은 강했다. 예전에도, 그리고 지금에도.

"바보라니까, 다들!"

제갈원이 신경질적으로 말했다.

"보나마나 뻔하지! 옛 정을 생각해서 손속에 힘을 뺀 거야. 그렇지 않고서는 저놈이 저렇게 멀쩡한데 천혼백 혼자 죽을 리가 없거든. 은형섬전사가 그렇게 만만한 무공이 아니잖아!"

그럴 가능성이 없지 않았다. 그 누구보다도 담우천을 아꼈던 천혼백이라면 능히 그럴 수도 있었다.

삼백들은 서로 눈빛을 교환했다. 제갈원은 한숨을 쉬며 고개를 설레설레 흔들었다.

"아버님도 그러더니… 다들 마음이 너무 물렁해. 약해 빠졌어. 오랫동안 이곳 외진 천자산 구석에 처박혀 있더니 예전의 그 무적가의 위엄과 투쟁심을 모두 잃어버렸다. 이번 기회에 모조리 다 뜯어고쳐야겠어."

그렇게 혼자 중얼거리던 제갈원은 문득 담우천을 향해 크게 소리쳤다.

"제안하겠다!"

어떻게 도망칠까 고심하고 있던 담우천은 제갈원의 소리에 시선을 돌렸다.

제갈원은 뒷짐을 진 채 다시 소리쳤다.

"비록 나보다는 적겠지만 네놈 또한 자하를 사랑한다고 믿겠다! 그러니 네놈과 나 모두 자하의 안위를 걱정한다는 점에서는 서로 통하는 점이 있다. 그래서 제안하는 게다!"

제갈원의 헛소리를 마냥 듣고 있을 수는 없었지만 담우천은 침착하게 그의 다음 말을 기다렸다.

―참고 인내하다보면 반드시 틈이 생긴다. 그러니 틈이 생길 때까지 기다려야 한다.

저 낭떠러지 아래로 사라진 천혼백의 목소리가 들리는 것만 같았다. 그리고 담우천은 그의 가르침대로 틈이 생길 때까지 기다릴 작정이었다.

제갈원이 다시 소리쳤다.

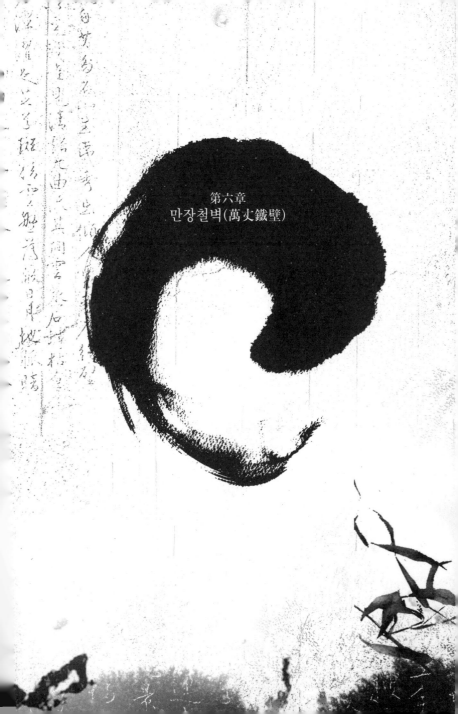

第六章
만장철벽(萬丈鐵壁)

화염신구.

본 적은 없어도 들어본 기억은 있었다.

과거 정사대전 당시 제갈보국이 이 화염신구를 펼쳐서 당대 거마(巨魔) 중의 한 명인 패왕신도(覇王神刀) 혁천강(赫天罡)을 해치웠다는 승전보에 며칠 낮밤동안 술판을 벌인 적이 있었다.

혁천강은 지금은 흔적조차 찾을 수 없는 패왕궁의 마지막 주인으로, 이른 바 공적십이마(公敵十二魔)라 불리는 초절정 거마들 중에서 서열 십 위에 해당되는 고수였다.

1. 재추격

"그녀의 안위를 생각한다면 그곳에서 나와라. 네놈이 이곳으로 올 때까지 물러서서 기다려 주마!"

제갈원이 소리쳤다.

"원한다면 오 리 밖으로 물러나 있겠다! 그 정도면 네놈이 굳이 절벽이 아닌, 다른 곳으로 도주할 기회가 생길 것이다. 물론 자하가 절벽 아래로 떨어질 위험도 사라지고!"

"소가주."

삼백 중 한 명인 자운백(紫雲伯)이 걱정된다는 듯이 옆에서 입을 열었다.

"오 리(약 2km)라면 너무 여유를 주는 게 아닐까 싶소. 녀석에게는 폭광질주섬이라는 쾌속의 신법이 있소이다."

"말이 오 리라는 거지, 누가 진짜로 오 리 밖까지 물러난다는 건가?"

제갈원은 답답하다는 듯이 자운백을 노려보며 말했다.

"바위산 정상 뒤편에서 진을 치고 기다리면 제깟 놈이 어떻게 알겠나? 그러다가 차후 절벽 길에서 나오면 재빨리 만장철벽 쪽을 봉쇄하고 몰이하듯 놈을 쫓으면 되는 게야."

바위산 정상 뒤편이라면 약 삼사백여 장[약 1km]의 거리. 그 정도 떨어진 곳에 숨어 있다면 아무리 귀 밝고 눈 좋은 자라 하더라도 쉽게 알아차릴 수가 없을 것이다.

자운백이 입을 다물고 곰곰이 생각하자 제갈원은 흥! 하고 코웃음을 친 뒤 다시 담우천을 바라보며 외쳤다.

"하지만 만약 네놈이 끝까지 그곳에서 도주를 감행한다면… 나 역시 가장 하기 싫은 결정을 할 수밖에 없다! 그녀를 네놈에게 빼앗기느니 차라리 죽이는 쪽으로 말이다!"

'뻔히 보이는 수작을…….'

담우천은 제갈원을 노려보며 생각했다.

결코 놈은 자하를 죽일 수 없다.

"저자를 따라가느니 차라리 죽음을 택하겠어요."

자하가 담우천의 목덜미를 강하게 끌어당기며 소곤거렸

다. 침착하고 낮은 목소리였지만 담우천은 그 속에 담긴 증오와 분노를 느낄 수 있었다.

"그래, 결코 놈의 뜻대로 해줄 수 없지."

담우천은 고개를 끄덕였다. 그리고는 다시 절벽 길 쪽으로 시선을 돌렸다.

무너진 길은 약 반 장 가량, 한 번의 도약이면 쉽게 뛰어넘을 수 있었다.

문제는 그 뒤에 퍼부어질 제갈원의 장력이었다. 거기에 삼백까지 합류한다면 절벽 길 따위는 단 번에 무너져 내릴 수 있었다.

그렇게 되면.

'어쩔 수 없지. 그때가 되면 다시 생각해 볼 수밖에……'

지금 상황에서 최선은 역시 절벽 길을 따라 도주하는 방법뿐이었다.

결정은 신중하게, 그리고 행동은 신속하게.

담우천은 결심하자마자 곧바로 몸을 날렸다. 자하를 업은 그의 신형은 무너진 절벽 길을 가볍게 뛰어 넘었다.

"저 개자식이!"

지켜보고 있던 제갈원이 버럭 소리치며 일장을 휘날렸다.

콰앙!

천둥치는 소리가 울리면서 그의 손에서는 강맹무비한 장력이 뿜어져 나왔다.

콰쾅!

담우천의 앞쪽 절벽에 또 다시 구멍이 났다. 담우천은 망설이지 않고 몸을 날려 그 구멍을 뛰어넘고는 좁은 절벽 길을 따라 질주하기 시작했다.

"저 새끼, 미친 거 아냐?"

놀라운 속도로 그 좁은 길을 따라 질주하는 담우천을 보며 제갈원은 황당해 했다. 하지만 그는 곧 정신을 차리고 크게 외쳤다.

"뭣들 하느냐? 놈을 뒤쫓지 않고!"

제갈원은 그렇게 소리치는 동시에 담우천의 앞쪽 절벽을 향해 연신 쌍장을 휘갈겼다.

펑! 펑! 펑!

마치 천근 화약이 잇달아 터지는 듯한 굉음과 함께 폭격이라도 당하듯, 절벽의 부서진 돌들이 사방으로 튀고 흙무더기가 낭떠러지 아래로 떨어졌다.

하지만 담우천은 무너진 길을 아슬아슬하게 뛰어넘으며 질주를 멈추지 않았다.

제갈원의 지시를 받아 절벽 입구로 달려간 영고백, 자운백, 은한백(隱閒伯)은 좁은 절벽 길을 따라 담우천의 뒤를 쫓기 시작했다.

제갈원은 눈에 불을 켠 채 양 손을 번갈아 휘둘렀다. 그가 한 번 손을 휘두를 때마다 콰앙! 하는 굉음과 함께 절벽의 귀퉁이가 무너져 내리고 있었다.

그때였다. 무너지던 돌 부스러기들이 담우천을 덮쳤다. 흙먼지가 그의 시야를 가로막았다.

'이런.'

아차, 하는 순간이었다.

시야가 잠깐 보이지 않는 사이, 강풍과 미끄러운 지면 때문에 발을 헛디뎠는지 담우천의 몸이 휘청거리며 균형을 잃었다.

그리고는 절벽 아래로 미끄러지듯 추락했다.

"안 돼!"

제갈원이 손을 멈추고 소리쳤다. 그의 얼굴이 흙빛으로 변했다. 담우천의 등에 업혀 있는 자하의 모습이 그의 시야 가득 들어왔다. 하지만 다음 순간 제갈원은 곧 안도의 한숨을 내쉬었다.

절벽 아래로 떨어지는 순간 담우천은 들고 있던 검으로 벽면을 힘껏 찔러갔다.

동시에 몸을 굴려 검을 디딤대처럼 밟은 후, 다시 절벽 길 위로 도약하면서 검을 빼들었다.

　다음 순간, 그는 마치 언제 절벽 아래로 떨어졌느냐는 듯
이 여전히 검을 쥔 채 절벽 길 위에 서 있었다. 실로 전광석
화와 같은 움직임이었다.

　"그러니까!"

　한숨을 돌린 제갈원이 다시 소리쳤다.

　"자하를 위험하게 만들지 말고 이곳으로 오라니까!"

　담우천은 저도 모르게 피식 웃으며 중얼거렸다.

　"정말이지 자하 네 안위만큼은 끔찍하게 생각하는 놈이
구나."

　"싫어요."

　자하는 단호하게 말했다.

　"그가 그렇게 나를 생각한다는 것조차 몸서리치게 싫어
요. 그가 나를 바라보는 것도, 그가 내게 말을 건네는 것도
견딜 수가 없어요. 그러니 제발… 어서 이곳을 벗어나요."

　"그래야지."

　하지만.

　담우천은 하지만이라는 말을 목구멍 안으로 삼켰다. 자
하에게 걱정을 끼칠 필요는 없었다.

　방법은 찾으면 된다.

　그런 생각을 하면서 담우천은 다시 절벽 길을 달리기 시

작했다.

제갈원은 양 손을 들어 공격을 퍼부으려다가 무슨 생각을 했는지 손을 축 늘어뜨렸다.

"젠장!"

담우천과는 어느새 거리가 제법 떨어져 있었다. 이제는 정확하게 담우천이 달려가는 길 앞쪽만을 노려서 장력을 퍼부을 수가 없었다.

명중률이 낮아지는 만큼 자하가 위험에 빠질 가능성이 높아진다.

그러니 더 이상 손을 쓸 수가 없는 것이다.

"뭣들 하느냐! 놈의 뒤를 쫓아라!"

제갈원은 크게 소리치며 몸을 날렸다. 그 뒤로 수백 명의 무사들이 일제히 만장철벽을 향해 뛰어가기 시작했다. 얼굴이 퉁퉁 부어 있는 이규도 그중의 한 명이었다.

2. 화염신구(火焰神球)

어느덧 어둠이 깊어가고 있었다. 먹장구름에 가려 보이지는 않았지만 이미 해가 진 것이다.

강풍과 폭우는 여전히 거칠고 세차게 천자산 일대를 휩쓸고 있었다.

협곡을 길게 돌아난 절벽.

높이가 만 장에 이른다 하여 붙여진 이름이 만장철벽. 그 절벽 중간 지점에 매우 협소한 길이 나 있었는데, 수백여 장에 이르는 그 절벽 길을 지나면 낮은 구릉이 물결처럼 이어져 있는 천자산 서북 경계가 나온다.

만장철벽의 절벽 길을 이용하면 불과 한 나절만 고생하면 곧바로 천자산 서북 경계지역으로 나간다는 이점이 있지만 문제는 그 협소하고 위험한 절벽 길을 지나는 게 매우 어렵다는 것이다.

그래서 일반 사람들은 그보다 십여 배는 더 시간이 걸리는 절벽 정상 길을 이용하여 왕래한다.

하지만 지금, 사위가 컴컴하고 비바람 휘몰아치는 만장철벽의 절벽 길을 따라 수백 명이 걷고 있었다.

선두에 선 자들과는 달리 후미에서 따라오는 자들은 두 손으로 벽을 짚은 채 부들부들 떨면서 건너는데, 일류급에 해당하는 무인들임에도 불구하고 그렇게 가슴 조이면서 걸을 정도로 위험천만한 길이 바로 만장철벽의 절벽 길이었다.

반면 선두 쪽의 사람들은 그 협소하고 위험한 길을 나는 듯이 달리고 있었다. 그럼에도 불구하고 제갈원은 매우 짜증이 난 얼굴로 불퉁거리고 있었다.

"왜들 이렇게 늦는 거야! 자네들 때문에 내가 앞으로 달려 나갈 수가 없잖나!"

맨 앞의 세 명, 삼백은 난처한 얼굴들이었다. 그들 나름대로 전력을 다해서 달리고 있음에도 불구하고 제갈원은 그들의 바로 뒤에 따라붙은 채 속도가 느리다고 계속해서 타박을 놓는 중이었다.

"아니, 달리라니까 왜 서는데!"

제갈원이 짜증을 부렸다. 전력으로 질주하던 삼백이 갑자기 멈춰서는 바람에 하마터면 그들의 등에 코를 박을 뻔한 것이다.

"놈이오."

영고백이 선두에서 멈춰선 채 말했다. 제갈원은 고개를 내밀었다. 어둠 속으로 희끄무레한 그림자가 약 십여 장 저편에 서 있는 게 보였다.

"함정인가?"

제갈원은 가볍게 눈살을 찌푸렸다. 꽁지가 빠져라 도망치기도 모자랄 시간에 저렇게 우뚝 버티고 서 있으니 의심부터 먼저 생기는 것이다.

어쩌면 길을 무너뜨리고 기다리는 것일 수도 있었다. 혹은 비장의 한 수로 역습을 가해 쫓아오는 이들을 줄줄이 밀어뜨리려 하는 것일 수도 있었다.

지금 상황은 말 그대로 천 길 낭떠러지 위의 아슬아슬한 외나무다리에서 마주친 격이니까.

　선두에 서 있던 영고백 또한 그런 생각을 했는지 주변을 세밀하게 살피고 있었다.

　행여 줄이 쳐져 있는 건 아닐까, 아니면 바닥에 금이 가 있는 건 아닐까 하고 예리한 눈빛으로 훑어보던 영고백은 전음을 통해서 제갈원에게 보고했다.

　─이상은 없는 것 같소이다.

　그렇다면 왜?

　의구심은 더욱 증폭되었다. 있을 자리에 없는 것도 이상하지만 없어야 할 자리에 있는 건 더더욱 수상한 일이었다.

　제갈원은 잠시 의심 섞인 눈빛으로 전면을 바라보았다.

　콰콰쾅!

　갑자기 천둥이 일었다. 한동안 잠잠했던 하늘에 새파란 섬광이 번쩍였다. 먹장구름을 뚫고 허공을 가르며 번개가 작렬한 그 순간, 제갈원은 저도 모르게 큰 웃음을 터뜨리고야 말 다.

　"푸하하하하! 그랬구나!"

　그는 작렬하는 번갯빛 사이로 보았던 것이다. 담우천이 서 있는 뒤쪽 절벽 길이 송두리째 무너져 있는 걸을.

　번개 때문일 것이다.

조금 전까지만 하더라도 여러 차례의 번개가 만장철벽 쪽으로 내리 꽂혔으니까.

그중 하나가 절벽 길을 파고들었고, 길이 무너져 내리면서 토사 암반까지 함께 굴러 떨어져서 더 이상 앞으로 나갈 수 없게 만들어 버린 것이다.

'하늘이 나를 돕는구나!'

제갈원은 앙천광소(仰天狂笑)를 터뜨렸다. 그의 웃음소리에 거대한 만장철벽조차 뒤흔들리는 것 같았다.

담우천은 눈살을 찌푸렸다.

의외의 일이었다. 이십여 장이나 되는 길이 무너지고 그 너머로는 암반과 흙더미가 쌓여 있어서 도저히 앞으로 전진할 수가 없었다.

거기에 계속 비가 오고 바람이 불고 있어서 자칫 산사태가 일어날 가능성도 없지 않았다.

도주로가 차단된 상태, 담우천은 검을 고쳐 쥐었다. 그리고 천천히 몸을 돌리며 말했다.

"같이 죽자."

여전히 등 뒤에 업혀 있던 자하가 갑자기 손을 풀었다. 그녀는 담우천의 등에서 내려와 뒤쪽으로 살짝 물러나며 말했다.

"당신과 함께라면 상관없어요."

하지만.

문득 그녀의 머릿속으로 두 아들의 모습이 떠올랐다. 마지막으로 한 번 더 보고 싶었는데……

그녀는 고개를 흔들어 상념을 떨쳐냈다. 괜한 미련이 담우천의 발목을 잡을 수도 있었다. 지금은 오로지 담우천만 생각해야 했다.

'그이가 죽으면… 나도 죽는 거다.'

자하는 그렇게 생각하며 다가올 결전을 기다렸다.

얼마 지나지 않아 무적가의 인물들이 빠르게 달려왔다. 그들은 우뚝 서 있는 담우천을 보고 잠시 경계를 하더니 이내 무슨 상황인지 파악한 듯 앙천광소를 터뜨렸다.

강풍과 폭우, 천둥소리마저 뚫고 만장철벽 저편으로까지 퍼져나가는 웃음소리였다.

한참이나 웃음을 터뜨리던 제갈원은 이윽고 싱글거리며 말했다.

"지금이라도 늦지 않았다. 그녀를 넘기면 네 목숨은 구할 수 있을 것이다."

담우천은 그의 말을 무시하고는 선두에 서 있던 영고백을 바라보며 입을 열었다.

"오랜만입니다."

영고백과 자운백, 은한백의 눈가에 감회의 빛이 스치고 지나갔다.

담우천은 갓난아기였을 때부터 십여 년 이상이나 키웠던 아이가 아니던가. 비선으로 간 이후 단 한 번도 만나지 못했으니 이번 만남이 약 십육칠 년만의 재회인 셈이었다.

"이제는… 어른이 되었군."

영고백의 말에 담우천은 피식 웃으며 말했다.

"아들이 둘입니다."

"그래? 자질은?"

뼛속까지 교부들인 것이다. 아들이 있다는 말에 자질부터 물어보는 걸 보면.

"괜찮은 것 같습니다. 어쩌면 나보다 뛰어날지도…….'

"호오."

영고백의 눈가로 탐욕의 빛이 일렁였다.

무림인들에게 있어서 뛰어난 자질을 가진 재목은 천고의 비급만큼이나 탐나는 물건이었다. 어떻게 키우느냐에 따라서 천하제일 종사가 될 수도, 혹은 두 번 다시없는 악인이 될 수도 있었다.

그렇게 커나가는 모습을 지켜보는 즐거움과 보람이란, 제자를 받아들일 나이가 된 무림인들에게 있어서 마지막

꿈과 희망이라 할 수 있었다.

"자네의 아이들, 한 번쯤 만나고 싶군그래."

영고백의 말에 담우천은 고개를 끄덕이며 대답했다.

"함께 만나러 가면 됩니다."

"그건… 아쉽게도 그럴 수는 없네."

"그렇습니까?"

"농담은 그만들 하지그래."

제갈원이 끼어들었다.

"마지막으로 말하지. 그녀를……."

"그 입 다물라."

담우천이 예리한 눈빛으로 제갈원을 쏘아보았다. 제갈원은 저도 모르게 입을 다물었다. 담우천은 그를 향해 검을 겨누며 말을 이었다.

"당장이라도 죽이고 싶지만 교부들의 체면을 생각하여, 네놈의 아버지를 생각해서 참고 있는 중이다."

"날 죽여?"

제갈원은 피식 웃었다. 그리고는 가볍게 몸을 날려 삼백의 머리 위를 훌쩍 뛰어 넘더니, 이내 영고백의 앞으로 날아들었다.

그렇게 담우천과 마주선 제갈원은 양손을 펼쳐 보이며 입을 열었다.

"자, 왔다. 어디 한 번 죽여 보지그래?"

담우천과 그와의 거리는 약 삼 장, 멀다면 멀다고 할 수 있는 거리였지만 그래도 무극섬사라면 충분히 잡아낼 수 있는 거리였다.

하지만 담우천은 움직이지 않았다.

제갈원이 앞으로 나서는 순간 영고백을 위시한 삼백들의 눈빛이 달라졌던 것이다. 조금 전의 방심한 듯한 모습과는 달리 언제든 살수를 펼칠 수 있는 긴장감이 그들의 전신에 흘러내렸다.

역시 제갈원은 무적가의 소가주인 것이다. 또한 삼백의 임무 중 하나가 바로 그를 보필하는 일이었다.

"왜? 죽이고 싶다더니 왜 꼼짝도 하지 않는 거지?"

제갈원은 거들먹거리듯 양쪽 어깨를 크게 으쓱거리면서 비웃었다.

"덤벼 보라니까? 죽여 보라니까?"

그는 침을 뱉으면서 말했다.

"겁쟁이."

담우천의 표정은 변함이 없었다. 그런 모욕적인 언사와 행동에도 불구하고 그는 여전히 무심한 눈빛으로 제갈원을 바라보고 있었다.

그게 제갈원의 심기를 거스른 모양이었다.

제갈원은 손을 내리더니 독사 같은 눈초리로 담우천을 쏘아보면서 천천히 앞으로 걸어 나갔다.

　거리가 좁혀지고 있었다. 삼 장여의 간격이 이 장으로, 다시 일 장의 간격이 될 때까지는 그리 오랜 시간이 걸리지 않았다.

　그동안 제갈원은 똑바로 담우천의 눈을 노려보았고 담우천 또한 제갈원의 시선에서 눈을 떼지 않았다.

　양쪽에서 검을 뻗으면 검 끝이 마주 닿을 정도의 거리에 이르자, 제갈원은 그제야 걸음을 멈췄다.

　"포기해라."

　제갈원은 오른손을 들어 올리며 말했다. 그의 오른손이 붉고 푸르게 변했다.

　손바닥 위로 뜨거운 열기가 뿜어져 나오면서 붉은 기운의 동그란 구체가 생성되기 시작했다.

　"화염신구(火焰神球)라고 하지. 검에 내력을 주입하고 그것을 구현화시켜서 만든 걸 보고 검기나 검강(劍罡)이라고 하니까, 그런 의미에서 장강(掌罡)이라고 하면 어울리려나. 어쨌든 이 화염신구 앞에서 목숨을 부지한 자는 무적가 역사상 단 한 명도 없었다."

　담우천은 아무런 말없이 그 붉은 화염을 뿜어내고 있는 둥근 구체를 바라보았다.

기이하고 믿을 수 없는 일이었다. 파락호에 불과한 줄 알았던 무적가의 소가주 제갈원이 실로 가공할 만한 신위(神威)를 보여주고 있었다.

　폭우가 쏟아지고 강풍이 휘몰아치는 와중에도 그 구체의 화염은 꺼질 생각을 하지 않았다. 아니, 시간이 흐르면서 점점 더 활활 타오르고 있었다.

　화염신구.

　본 적은 없어도 들어본 기억은 있었다.

　과거 정사대전 당시 제갈보국이 이 화염신구를 펼쳐서 당대 거마(巨魔) 중의 한 명인 패왕신도(覇王神刀) 혁천강(赫天罡)을 해치웠다는 승전보에 며칠 낮밤동안 술판을 벌인 적이 있었다.

　혁천강은 지금은 흔적조차 찾을 수 없는 패왕궁의 마지막 주인으로, 이른 바 공적십이마(公敵十二魔)라 불리는 초절정 거마들 중에서 서열 십 위에 해당되는 고수였다.

　아마도 살이 붙고 키워진 소문일 가능성이 농후했지만 무적가의 제갈보국은 혁천강과 일대일로 싸워 만여 초식을 나눈 끝에 화염신구의 일격으로 마침내 승리를 거머쥐었다고 알려져 있었다.

　그래서 사람들은 화염신구가 도대체 어떠한 신공인지 궁금해 했었다.

당시 술판의 주된 화제가 바로 그 화염신구였고 그 후로도 한동안 화염신구의 정체에 대해서 많은 사람들이 호기심을 가졌다.

그 화염신구라는 게 알고 보니 내력의 결정체, 절대 양강(陽剛)의 내공을 집약시켜서 하나의 구체로 만든 것이었다. 분명 놀랍기는 하지만 그렇다고 해서 전무후무할 정도로 대단한 건 또 아니었다.

제갈원의 말처럼 내공을 구체화시키는 무공이 아예 없는 것도 아니니까.

'그렇다면 뭔가 또 다른 게 있다는 뜻이다. 보다 강력한, 패왕신도 혁천강을 해치울 정도로 대단한 무언가가……'

담우천은 긴장의 끈을 놓치지 않고 화염신구를 주시했다. 제갈원이 피식 웃으며 입을 열었다.

"표정을 보아하니 화염신구에 대해 들어본 적이 있는 것 같군그래. 하기야 아버님께서 패왕신도인가 뭔가 하는 놈을 잡아 죽일 때 펼치셨다고 했으니까."

그는 손을 들었다가 내렸다. 화염신구는 마치 돼지 오줌보로 만든 공처럼 살짝 허공에 떠올랐다가 다시 그의 손바닥 위에 안착했다.

"알고 있으니까 이야기하기 편하겠네. 마지막이다, 이제. 그녀를 내놓아라. 그렇지 않으면 어떻게 패왕신도가 죽었는지 직접 견식하게 해줄 테니까."

담우천은 천천히 몸을 낮추며 입을 열었다.

"한 번 보고 싶군그래. 얼마나 대단한 녀석인지 말이야."

"진짜 죽고 싶어 환장한 놈이구나."

제갈원의 표정이 바뀌었다. 그는 악랄한 눈빛으로 담우천을 쏘아보며 말했다.

"좋아, 정 원한다면 보여주지!"

말이 끝나기가 무섭게 제갈원은 담우천을 향해 들고 있던 화염신구를 집어 던졌다.

화라락!

화염신구는 붉고 푸른 불꽃을 일으키며 담우천을 향해 날아들었다.

3. 마지막 기회

담우천은 들고 있던 검을 고쳐 쥐면서 화염신구가 날아오는 것을 주시했다.

속도는 생각 외로 느렸다. 하지만 그 주위의 공기가 아지랑이를 일으키며 타오르는 것으로 보아 위력만큼은 상당하게 보였다.

'그래도 이건 생각보다……'

담우천의 뇌리에 그런 생각이 떠오를 때였다. 어느 순간 갑자기 화염신구가 화살처럼 쏘아졌다. 미처 검으로 막거나 후려칠 여유조차 없었다.

담우천은 황급히 몸을 틀었다.

화르륵!

화염신구의 뜨거운 열기가 그의 어깨를 훑고 지나갔다. 불이 붙었다.

놀랍게도 비로 흠뻑 젖은 옷이 불에 타는 것이다.

담우천은 황급히 손을 뻗어 불을 끄려 했지만 불은 더욱 거세게 타올랐다.

담우천은 재빨리 소매를 잡아 찢어 던졌다. 바닥에 떨어진 옷자락은 폭우 속에서도 금세 타올라 재가 되었다.

"푸하하하! 겨우 그 정도로 놀라면 안 되지!"

제갈원은 크게 웃으며 손짓을 했다.

담우천은 뒷덜미가 서늘한 기분이 들어 황급히 몸을 틀었다. 방금 전 그를 스치고 지나갔던 화염신구가 제갈원의 손짓에 따라 방향을 바꾸더니 다시 그에게로 화살처럼 쏘아오고 있었다.

담우천은 검을 휘둘러, 정면으로 날아드는 화염신구를 내리쳤다. 그의 검은 정확하게 화염신구를 반으로 갈랐다. 그러나 다음 순간,

"이런."

담우천은 저도 모르게 신음을 흘렸다. 반으로 갈라진 화염신구는 검이 통과하는 순간 다시 하나로 뭉쳐져서 그대로 그를 향해 폭사해온 것이다.

담우천은 재빨리 허리를 뒤로 눕혔다.

화염신구의 뜨거운 화염이 그의 가슴에 닿을 듯 스치고 지나갔다. 담우천은 빠르게 몸을 일으키며 다시 방향을 바꾸었다.

담우천을 지나친 화염신구 또한 천천히 선회하더니 허공 한 가운데에서 둥둥 떠 있었다.

"내 자애로움이 네놈을 가엽게 여겨 마지막으로 기회를 주마."

제갈원은 왼손을 펼치며 말했다. 그의 왼손이 붉게 물들며 화염이 일기 시작했다.

"이제 그만 포기해라. 방금 전에도 하마터면 자하가 다칠 뻔하지 않았느냐?"

확실히 그럴 뻔했다.

조금 전 담우천의 어깨에 불을 붙이고 지나간 화염신구는 그의 등 뒤, 절벽에 찰싹 달라붙어 있던 자하의 곁을 아슬아슬하게 빗겨나갔으니까.

만약 제갈원이 살짝 손짓을 해서 방향을 틀었다면 아마

자하는 지금쯤 이 세상 사람이 아니었을 것이다.

담우천은 입술을 깨물었다.

화염신구는 생각했던 것보다 훨씬 강력했다. 그것은 마치 독화염린(毒火焰燐)처럼 꺼지지 않는 불꽃을 지녔으며 그 어떤 것으로도 파괴할 수도 없었다.

또한 시전자의 손짓에 따라 방향을 선회하기도 했으며 속도가 달라지기도 했다.

마치 이기어검(以氣御劍)과 맞서는 듯한, 아니 그 이상으로 상대하기 어려운 기공이었다.

'차라리……'

담우천은 길게 호흡을 들이마셨다. 그리고는 나지막한 소리로 자하에게 말했다.

"업혀."

자하는 묻지 않았다. 마치 담우천이 무슨 생각을 하고 있는지 알고 있다는 듯이 그녀는 담우천의 등에 업히며 소곤거렸다.

"사랑해요."

담우천은 대답하지 않았다. 그는 전신의 내공을 모두 끌어올려 검을 쥔 손에 집약시켰다.

우우웅!

검이 금방이라도 박살날 것처럼 크게 떨리며 검명(劍鳴)

을 토해냈다.

"이런 이런… 끝까지 죽을 생각이냐?"

제갈원이 눈을 가늘게 떴다.

"하지만 네놈은 죽더라도 그녀는 살려야지."

라고 그가 말하는 순간이었다.

담우천은 곧바로 지면을 박차고 날아올랐다. 제갈원이 기다렸다는 듯이 손짓을 하며 화염신구를 움직였다. 허공 한 가운데에서 둥둥 떠 있던 화염신구가 곧바로 담우천을 향해 폭사해갔다.

그러나 담우천은 화염신구을 외면한 채 그대로 제갈원을 향해 달려들었다. 그의 검이 일직선으로 뻗으며 한 줄기 빛 으로 변했다.

무극섬사의, 창보다 날카롭고 화살보다 빠르며 칼처럼 맹렬한 일격이 제갈원의 목젖을 노리고 파고들었다. 제갈 원이 뒤로 물러나는 순간, 화염신구가 그 앞을 가로막았다.

바로 그때였다.

담우천은 왼손으로 화염신구를 잡았다. 말 그대로 불덩 이를 잡은 듯한 고통과 충격, 뜨거운 열기가 그의 손아귀에 서 확 달아올랐다.

하지만 담우천은 고통을 느끼지 못하는 것처럼 오로지 제갈원의 목젖만을 노리고 무극섬사를 펼쳤다.

제갈원의 안색이 새파랗게 질렸다.

설마 저렇게 무식한 방법으로 화염신구를 막아낼 줄은
미처 몰랐다. 또한 무극섬사가 이토록 쾌속하고 날카로울
줄 전혀 몰랐던 것이다.

절체절명의 순간!

"비키시오!"

영고백이 소리치며 제갈원을 낚아채며 앞으로 나섰다.
바로 그 순간, 스팟! 무극섬사의 일격은 정확하게 영고백의
목젖을 꿰뚫었다.

'이런……'

담우천의 눈가에 암울한 기운이 스치고 지나갔다. 모든
것을 걸고 펼쳤던 마지막 일격이 엉뚱한 자의 목젖을 꿰뚫
어버린 것이다.

목젖이 꿰뚫린 영고백의 생기가 사라지는 눈빛은 담우천
을 직시하고 있었다. 그 눈빛은 담우천에게 '도망가!'라고
말하고 있었다.

하지만 어디로.

담우천은 문득 영고백의 시선이 자신의 손을 향하고 있
다는 사실을 깨달았다.

그리고 그 시선이 곧 영고백이 붙들고 있는 제갈원을 향
하는 것도 보았다.

'그렇군.'

담우천은 그 눈길의 움직임이 무슨 의미인지 알 것 같았다.

'고맙습니다, 영고 교부.'

담우천은 속으로 중얼거리며 쥐고 있던 화염신구를 영고백에게 집어던졌다.

이미 피할 기력도 없는 영고백은 화염신구에 격중당했고, 그대로 불길에 휩싸였다.

"이 바보가! 얼른 놓지 않고 뭐해!"

제갈원이 화들짝 놀라며 소리쳤다. 그리고는 자신의 팔을 잡고 있는 영고백을 뿌리치려 했다.

하지만 그럴 수가 없었다. 마치 영고백의 손은 제갈원의 팔을 잡은 채 그대로 굳어버린 것처럼 꼼짝도 하지 않았던 것이다.

"이 늙은이가!"

제갈원은 영고백을 태우고 있는 불길이 자신에게까지 번지려하자 황급히 내공을 운기하여 화염신구를 소멸시켰다. 그러는 동시에 왼손을 수도(手刀)처럼 사용하여 영고백의 손목을 잘라냈다.

그것은 기괴한 광경이었다.

우뚝 선 채로 활활 불타오르는 영고백의 모습은 물론, 제갈원의 팔뚝을 잡은 채 덜렁거리며 매달려 있는 영고백의 손은 섬뜩하고 귀기(鬼氣)가 느껴지기까지 했다.

제 팔뚝을 잡고 있는 영고백의 손을 떼어내려 애를 쓰던 제갈원은 문득 기이한 예감에 저도 모르게 몸을 틀었다. 동시에 뜨거운 무언가가 그의 귀를 자르고 지나갔다.

그것은 영고백의 불타는 시신을 관통하면서 제갈원을 노리고 파고든 담우천의 검이었다. 제갈원은 귀가 잘려나간 통증도 느끼지 못한 채, 화들짝 놀라 뒤로 몸을 날렸다.

'빌어먹을.'

검을 회수하는 담우천의 표정이 굳어졌다. 제갈원의 놀랍도록 재빠른 대응으로 인해 영고백이 준 마지막 기회조차 사라진 것이다.

순식간에 타오른 영고백의 시신이 천천히 무너져 내리고 있었다.

한쪽 귀가 잘려나간, 그래서 스스로 지혈을 하고 있는 제갈원의 모습이 그 너머로 드러나고 있었다.

제갈원은 악독한 눈빛으로 담우천을 노려보았다. 샛노랗게 빛나는 눈동자에서 뿜어져 나오는 살기로 인해 주위의 공기가 침잠되어 갔다.

담우천은 왼손을 내려다보았다.

살갗이 다 타버린, 뼈까지 드러난 흉측한 몰골. 고통보다 절망이 그를 엄습해왔다.

이제 놈은 더 이상 빈틈을 보이지 않을 것이다. 자만심에 빠져서, 미리 거머쥔 승리감에 도취되어서 드러났던 허점도 사라질 것이다.

마지막 기회가 사라진 것이다.

그렇게 담우천이 절망감에 빠져 있을 때였다. 그의 등 뒤에 업혀 있던 자하가 아주 조그만 목소리로 소곤거렸다.

"줄이에요."

일순 담우천의 눈빛이 급변했다.

第七章
수사지주(隨絲蜘蛛)

동굴 밖으로 나온 담우천은 천천히 주위를 둘러보았다. 송곳처럼 날카로운 감각들이 그의 전신에서 흘러나와 사방으로 흩어졌다.

　'이보다 더 맑고 깨끗하며 예리한 오감을 언제 느껴보았던가.'

　담우천은 드디어 자신이 예전 가장 강했을 때의 실력을 되찾았다는 생각이 들었다. 아니, 어쩌면 그때보다도 훨씬 더 강해졌을지도 몰랐다.

1. 한 가닥 줄

한없이 어두운 암흑의 공간에서 화염신구에 격중당한 영고백이 활활 타오르자 시야가 환하게 밝아왔다. 그러나 영고백이 재가 되어버리고 불길이 사그라지자 이내 더 큰 어둠이 찾아왔다.

그야말로 사위가 암흑천지 그 자체가 되어버렸을 때,

"줄이에요."

죽은 듯이 업혀 있던 자하가 문득 알아들을 수 없는 말을 꺼냈다.

담우천의 눈빛이 변했다.

자하가 무언가를 들고 그의 뺨을 건드렸던 것이다. 그건 자하의 말대로 줄이었다.

넝쿨과 질긴 나뭇가지를 얽어서 만든 기다란 줄. 그게 절벽 위에서부터 담우천이 서 있는 절벽 길까지, 무려 백여 장이나 되는 길이로 내려왔던 것이다.

누굴까, 이 기다란 줄을 만든 자가. 그리고 무슨 목적으로 우리에게 줄을 내려준 것일까.

궁금증과 의혹의 샘솟듯 솟았다.

하지만 생각할 겨를도 여유도 없었다. 담우천은 왼손으로 줄을 잡았다.

화염신구를 잡느라 심한 화상을 입은, 뼈까지 드러난 손바닥이 아우성을 지르며 고통을 호소했다.

'으음……'

담우천은 이를 악물었다.

지금껏 수많은 고문을 겪고 또 그보다 훨씬 많은 부상과 고통을 당했지만 지금과 같이 뼛속까지 파고드는 아픔은 흔치 않았다.

거친 나뭇가지와 넝쿨 줄기가 익은 살갗을 비집고 뼈와 근육을 쑤시고 있었다.

그러나 담우천은 줄을 놓지 않았다. 그는 손바닥으로 줄을 꽉 쥔 다음 손목에 몇 바퀴 돌린 후 잡아당겨 보았다. 묵직했다.

'누군가 있다.'

담우천이 줄을 잡아당기자 그걸 신호로 여긴 모양이었다. 절벽 위쪽에서 힘껏 줄을 끌어올린 것이다. 동시에 담우천은 지면을 밟고 공중 높이 도약을 시도했다. 순식간에 그의 신형이 십여 장 이상이나 치솟았다.

"응? 뭐하는 짓거리지?"

제갈원이 고개를 들고 담우천을 비웃었다.

허공 높이 솟구쳐서 뭘 하겠다는 것일까. 새처럼 날지 못하는 이상 다시 절벽 길에 착지할 수밖에 없는데, 굳이 저런 식으로 도약하는 이유가.

"……!"

하지만 다음 순간 그의 눈이 커다랗게 커졌다. 담우천이 약 십여 장을 도약했다가 하강하기는커녕 그 상태에서 더 위로 올라가는 것이었다.

"뭐, 뭐냐, 저건?"

제갈원은 아직도 무슨 영문인지 모르겠다는 표정이었다.

주변이 너무나도 어두웠던 까닭에 미처 담우천이 손을 뻗어 잡고 있는 줄을 보지 못하는 것이다.

담우천은 절벽 위를 향하여 계속해서 솟구쳐 오르고 있었다.

한 손을 허공으로 뻗은 채 담우천은 누군가 절벽 위에서 당기는 줄에 의지하여 쉬지 않고 위로 올랐다.

"뭣들 하느냐? 놈을 막지 않고!"

제갈원이 소리치며 쌍장을 휘둘렀다. 그의 손에서 거침없는 장력이 뿜어져 나와 담우천을 향해 폭사되었다.

담우천은 절벽을 발로 걷어차며 피했다. 줄이 좌우로 이동하면서 마치 담우천은 그네를 탄 것처럼 이리저리 움직이며 장력을 피했다.

밑에서 보기에는 담우천이 절벽 면을 좌우로 걷어차면서 조금씩 위로 상승하는 것만 같았다. 그 모습이 기이하게 보였는지 제갈원은 눈을 가늘게 뜨고 쳐다보다가 저도 모르게 중얼거렸다.

"줄?"

그제야 눈에 들어왔다.

넝쿨과 나뭇가지로 만들어진 줄이.

"누구냐! 누가 감히 무적가의 죄인을 구하려 드느냐?"

제갈원은 노하여 소리치며 다시 쌍장을 휘둘렀다.

이번에는 담우천이 목표가 아니었다. 그의 장력은 줄을 향해서 거침없이 날아갔다.

펑펑!

장력은 아슬아슬하게 줄을 비껴 지나며 절벽을 강타했

다.

가공할 위력의 장력에 격중당한 절벽이 무너지면서 우르르! 요란한 소리와 함께 암석들이 사방으로 흩어졌다. 머리통만한 돌들이 제갈원의 바로 머리 위쪽에서부터 떨어져 내렸다.

제갈원은 황급히 절벽에 찰싹 달라붙었다.

"으악!"

뒤쪽에 서 있다가 그 돌덩어리를 미처 피하지 못한 무사 하나가 비명을 지르며 낭떠러지 아래로 추락했다.

"위험하오! 산사태가 일어나 모두 죽을 수도 있소이다!"

자운백이 소리쳤다.

"제기랄!"

제갈원은 입술을 깨물었다. 그는 점점 더 멀어져가는 담우천을 쳐다보다가 벼락같이 소리쳤다.

"화살을 쏴라!"

하지만 화살을 쏘기 위해서는 일정한 공간이 확보되어야 했다.

최소한 활이 절벽에 닿지 않을 정도의 공간. 그러나 그들이 서 있는 절벽 길은 활을 꺼내기조차 어려울 정도로 너무나도 협소했다.

그런 까닭에 무사들은 제갈원의 명령이 떨어졌음에도 불

구하고 누구 하나 활을 쏘는 이가 없었다. 다들 활을 꺼내들기는 했지만 담우천을 향해 화살을 쏘기는커녕 활시위를 당길 엄두조차 내지 못하고 있었다.

"이런 바보들 같으니라구!"

제갈원은 버럭 소리치며 자운백들과 자리를 바꾸더니 무사들 중 한 명의 활과 화살을 확 낚아챘다. 그리고는 철판교(鐵板橋)의 수법처럼 허리를 뒤로 크게 젖히며 활시위를 당겼다.

엉덩이부터 상체가 절벽 바깥쪽으로 나간 제갈원의 자세에 깜짝 놀란 자운백이 얼른 손을 뻗쳐서 그의 다리를 지탱해 주었다.

제갈원은 그 힘겹고 아슬아슬해 보이는 자세에서 크게 시위를 당긴 후 곧바로 활을 쏘았다.

스팟!

매서운 파공성과 함께 시위를 떠난 쇠화살이 진저리를 치듯 부르르 떨면서 쏘아져갔다.

담우천의 머리를 훨씬 벗어나 그 위쪽으로 날아간 화살은 정확하게 줄을 꿰뚫고 절벽에 박혔다.

순간, 화살에 관통당한 줄의 매듭 부분이 잘려나가면서 꾸준히 올라가던 담우천이 주춤거리며 균형을 잃었다.

미처 그 사실을 몰랐는지 절벽 위에서는 계속해서 줄을

잡아당겼고, 투툭! 거리는 소리와 함께 줄의 매듭이 계속해서 풀려나갔다.

자칫 줄이 끊어져서 그대로 추락할 수 있는 아슬아슬한 순간, 담우천은 크게 몸을 움직이며 반동을 일으켰다. 그와 비례해서 줄의 매듭이 급속도로 풀려나가더니 이윽고 툭! 하는 소리와 함께 줄이 끊어지고 말았다.

바로 그때였다.

반동을 일으키던 담우천이 절벽을 박차고 높게 치솟아 올랐다.

끊어진 줄은 아래로 속절없이 떨어졌지만, 담우천은 그 도약을 이용하여 벽에 박혀 있는 쇠화살을 잡아냈다. 그리고 쇠화살이 크게 휘청거리는 순간, 담우천은 그 탄력을 이용하여 다시 한 번 위로 몸을 솟구쳤다.

두 번의 도약 끝에 담우천은 다시 줄을 잡았다. 왼손에서 핏물과 고름이 뚝뚝 흘러내렸다.

하지만 그 도약이 절벽 정상까지의 거리를 급속하게 줄여놓았다.

이제는 정상까지 불과 삼십여 장의 거리, 절벽 위에서 누군가 말하는 소리가 비바람을 뚫고 그대로 들려왔다.

"힘내십쇼, 형님!"

굵직한 저음. 그것은 듣던 중 반가운 목소리, 무투광자의 음성이었다.

"뭐해요, 빨리 끌어당기지 않고!"

무투광자를 채근하는 여인의 목소리도 들려왔다. 나찰염
요였다.

그녀도 저 절벽 위에 있는 것이다.

"왜 이리 늦었나?"

담우천이 반갑게 소리쳤다.

표정의 변화가 거의 없는 그가 지금은 활짝 웃고 있었다.
전혀 기대하지 않았던 원군이 그를 구하러 온 것이다. 어찌
기쁘지 않겠는가.

"무슨 소리입니까? 진짜 우리가 어떻게 여기까지 오게
되었는지 전혀 알지도 못하시면서……."

무투광자는 투덜거리면서도 연신 줄을 잡아당겼다. 담우
천은 갑자기 온몸에서 힘이 사라지는 듯한 기분이 들었다.
하마터면 줄을 놓칠 뻔할 정도로 맥이 풀렸다.

살았다.

그 안도감이 긴장감을 풀어 헤치게 만든 것이다.

'이런.'

담우천은 재빨리 정신을 차리고 줄을 꽉 잡았다. 아직 끝
난 게 아니다. 잠시 놈들의 추격권에서 벗어나는 것일 뿐,
집에 무사히 도착하기 전까지는 끝난 것이 아니다.

아니나 다를까.

"이 개자식아!"

절벽 아래쪽에서 제갈원이 크게 분노하여 바락바락 외치는 소리가 들렸다.

"네놈이 과연 도망칠 수 있나 보자! 지옥 끝까지 쫓아가마! 반드시 네놈을 잡아서 개의 먹이로 줄 것이다!"

제갈원은 어둠 속으로 사라져 이제 전혀 보이지 않는 담우천을 향해 주먹을 마구 흔들며 외쳤다.

어느 덧 늦은 밤 사위는 빛 한 점 없는 어둠 속에 잠겨 있었다.

쏟아지는 폭우와 휘몰아치는 강풍 속에서 제갈원이 울부짖듯 외치는 소리만이 들려오고 있었다.

"기다려라, 반드시 뒤쫓아 갈 테니까!"

2. 의혹

담우천은 그 소리를 들으면서 절벽 위로 올라섰다. 절벽 위에는 그가 생각했던 것처럼 무투광자와 나찰염요가 숨을 헐떡거리며 서 있었다.

담우천은 자하를 내려놓았다. 그리고 그녀를 바라보며 말했다.

"인사하지. 내 혈육과도 다름없는 동생들이다."

무투광자의 눈이 휘둥그레졌다.

담우천이 이런 식으로 따뜻한 애정이 담긴 말을 하는 걸 처음 들었기 때문이었다.

반면 나찰염요의 눈빛은 파르르 떨리고 있었다. 그녀는 자하를 똑바로 바라보고 있었는데 묘한 감정의 물결이 그 시선 속에 담겨 있었다.

자하는 공손히 고개를 숙이며 말했다.

"반가워요, 도련님. 아가씨."

그것으로 자하는 스스로의 신분을 밝힌 셈이 되었다. 무투광자는 허둥지둥 허리를 숙이며 말했다.

"처음 뵙겠습니다, 형수."

나찰염요도 밝게 웃으며 말했다.

"이제야 만나게 되었네요, 언니. 정말 반가워요."

그리고는 다시 담우천을 향해 말을 이었다.

"축하해요. 드디어 언니를 구해내셨군요."

"아직 축하받기는 이르다."

담우천은 깜깜한 절벽 아래를 힐끗 내려다보며 말했다. 아래쪽에서는 아직도 제갈원이 시끄럽게 떠들고 있었다.

"놈들의 추격은 거셀 것이다. 완전히 따돌리기 전까지는 안심하기 일러."

"흠, 그나저나 지금 고래고래 소리치는 녀석이 무적가 소 가주인가요? 생각보다 훨씬 악에 받친 것 같은데."

"그럴 테지."

담우천은 무덤덤하게 말했다.

"두어 수 아래라고 생각했던 나를 놓치고 거기에 귀까지 잘리는 수모를 당했으니까."

"두어 수 아래? 형님을요? 그렇게 생각할 정도로 놈이 강하던가요?"

"강하더군, 확실히 나보다."

담우천은 고개를 끄덕이며 말을 이었다.

"무적가의 모든 진전을 다 이어받은 것 같더라. 그러니 현 가주가 있음에도 불구하고 그가 실질적인 가주 노릇을 하는 것이겠고."

"흠, 제갈 대장이 자식 하나는 잘 가르쳤군요."

"그건 그렇고… 여기는 어떻게 찾아왔지?"

"아, 이야기가 깁니다."

무투광자는 절벽 아래쪽을 힐끗거렸다.

방금 전까지만 하더라도 들려오던 제갈원의 소리가 전혀 들리지 않았다. 또한 다른 무사들의 웅성거리는 소리도 없었다. 그대로 절벽 길에서 물러난 모양이었다.

"놈들이 이대로 물러날 리는 없고, 다른 길로 쫓아올 게

뻔합니다. 우선 자리를 옮기죠. 이야기는 가면서 해드리겠습니다."

무투광자의 말에 담우천은 고개를 끄덕였다.

"가지, 자하."

그는 자하의 손을 잡으며 걷기 시작했다. 나찰염요가 물끄러미 그 광경을 지켜보았다.

"뭐해, 안 가고?"

무투광자가 그녀의 어깨를 툭 쳤다.

"아, 가야죠."

그녀는 희미한 미소를 머금었다. 그리고는 담우천과 자하를 따라 걸음을 옮겼다. 곧 그들 네 사람의 모습은 절벽에서 사라졌다.

                    *   *   *

"형님 행적을 찾을 수가 없어서 처음부터 다시 시작했죠. 왜, 여남의 금적상가 말입니다. 게서 형님이 죽였던 고돈웅이라는 자에 대해서 세세하게 조사했습니다. 그래서 결국 알아냈죠. 놈이 인신매매와 연관이 되어 있다는 것과 영도사라는 절과의 관계를요."

절벽 정상에서 빙 돌아난 길을 따라 걸으며 무투광자는

그간 자신들이 얼마나 힘들게 쫓아왔는지에 대해서 설명하고 있었다.

담우천과 자하는 조용히 듣기만 했고, 나찰염요는 다정하게 손을 잡고 걸어가는 부부의 뒷모습을 물끄러미 바라보며 걷고 있었다.

"거기까지가 힘들었습니다, 사실. 고돈웅과 영도사와의 관계를 알아내는데 정말 많은 시간이 걸렸죠. 뭐, 그 다음부터는 쉽게 풀렸습니다."

영도사를 찾은 무투광자와 나찰염요는 그곳의 젊은 중들을 잡아서 고문을 했고, 결국 영도선사가 소림사로 갔다는 사실을 알아냈다.

"향화객을 가장하여 소림사에 들어갔다가 혹시나 해서 형님 이름을 댔죠. 거기서도 떠들썩하게 한 판 벌이셨더군요. 희창이라는 어린 동자승까지 형님을 잘 알더군요."

무투광자는 담우천의 사형제라고 자신들을 소개했고 급한 일로 인해서 그의 행방을 수소문하고 있다고 설명했다. 설명을 들은 소림사 측에서는 그들에게 계율원의 영도선사를 만나게 해주었다.

"참회를 하고 있는지 어쩐지는 모르겠지만 순순히 다 불더군요. 덕분에 형님이 이곳 무적가로 향했다는 걸 알게 되었습니다. 그리고는 곧장 이리로 달려왔죠."

담우천은 고개를 갸웃거리며 물었다.

"하지만 천자산은 넓지 않은가? 어떻게 우리가 만장철벽에 있다는 걸 알았지?"

"아, 그건 말입니다."

무투광자는 머리를 긁으며 대답했다.

"도와준 사람들이 있습니다."

"도와줘?"

"네. 그러니까 우리가 천자산 일대에 막 도착했을 때입니다. 비가 엄청나게 내리던 산길을 걷다가 우연히 검은 복면으로 얼굴을 가린 의문의 일당들과 마주쳤습니다."

검은 복면에 검은 야행복을 걸친 수십 명의 무리들. 의문이 가지 않을 수가 없었고 의문이 생겼으니 그냥 보낼 리가 없었다.

게다가 당시 무투광자와 나찰염요는 담우천이 무적가와 싸울 수도 있다는 추측에 꽤 긴장하고 다급해 했으니까.

"그래서 시비가 붙었습니다만 우리가 형님을 찾는다는 사실을 알게 되자 그들의 태도가 갑자기 변하더군요."

"어떻게?"

"자신들이 도와주겠다는 겁니다. 그들 또한 형님을 수소문하고 있던 참이라구요."

"응? 그건 또 무슨 소리야? 대체 그들이 누구이길래?"

"그건··· 끝까지 밝히지 않더군요. 하기야 제 정체를 밝힐 사람들이라면 애당초 복면을 하지 않았겠죠."

어쨌든 무투광자와 나찰염요는 약간의 의심을 가슴에 품은 채 그들과 당분간 협조하기로 했다. 무엇보다 그들은 천자산 이곳저곳에서 가끔씩 희미하게 들려오는 호각 소리를 해독할 수 있는 능력이 있었다.

"그들은 놀랍게도 무적가의 암호를 풀 수 있더군요. 그래서 무적가가 형님의 뒤를 쫓는다는 걸, 그리고 만장철벽에서 형님을 찾았다는 사실까지 알아낼 수 있었습니다."

무투광자, 나찰염요 그리고 신비한 복면인들은 함께 만장철벽으로 향했다.

그곳에서 그들은 담우천이 이규의 쇠화살 세례를 받는 광경을 목도할 수 있었다.

"당장이라도 뛰어가서 도와드리고 싶었습니다만 워낙 놈들의 수가 많아서요."

고민 끝에 그들은 바위산 북쪽에서 절벽 정상으로 이어진 길을 따라 만장철벽의 정상으로 향했다.

"정말 죽는 줄 알았습니다. 내 생애, 그렇게 빨리, 또 오랫동안 달려본 건 처음이었으니까요. 하지만 그렇게 정상에 오르고 보니까 또 형님을 도와드릴 방법이 생각나지 않는 겁니다."

하기야 절벽 길에서 정상까지의 거리는 백여 장. 거미처럼 내려올 수도 새처럼 날아올 수도 없으니, 실질적인 도움을 줄 방법은 거의 없다고 해도 과언이 아니었다.

"줄을 만들자는 건 염요의 생각이었습니다. 백여 장이나되는 긴 줄을 어떻게 만들까 걱정했지만 그 복면인들이 함께 힘을 합쳐준 덕분에 늦지 않게 완성할 수가 있었습니다."

"그들은 어디에 있지?"

"모르겠습니다."

무투광자는 난감한 표정을 지으며 말했다.

"형님을 끌어당기고 있는 동안 그들은 아무런 말도 하지않은 채 온데간데없이 사라졌습니다."

"흠, 이상하군그래."

담우천은 턱을 매만지며 중얼거렸다.

도대체 누굴까. 어떤 무리이기에 자신에게 도움을 주려했을까. 또 그렇게 도와준 덕분에 자신과 마주칠 기회가 생겼음에도 불구하고 사라진 것일까.

의혹이 뭉게구름처럼 증폭되었다.

'나중에 생각하자. 지금은 무적가의 추격을 피하는 게 급선무다.'

절벽 길에서 바위산까지 대략 반 시진, 그리고 바위산에서 절벽 정상까지는 대략 한 시진 가량 걸리는 거리였다.
그러니 아무리 넉넉하게 잡아도 불과 그들과의 간격은 채
두 시진도 되지 않았다. 이렇게 서로 손을 잡고 느긋하게
걸어갈 여유가 없는 것이다.

하지만 담우천도 잠시 숨을 돌려야 했다. 절벽 길에서 소
진한 체력과 내공이 원상태로 되돌아올 때까지는 조금 느
긋할 필요가 있었다.

또한 천혼백에게 입었던 양 어깨의 상처, 그리고 무엇보
다 왼손에 입은 화상이 상당한 중상인 까닭에 무리해서는
결코 안 되는 상황이었다.

그나마 정상에서 내려오는 동안 무투광자가 상비한 비상
약으로 상처를 치료하고 또 옷을 찢어 붕대처럼 둘둘 말은
덕분에 고통은 한결 가라앉은 상태였다.

"완치되려면 일 년은 족히 걸리겠습니다. 그것도 최대한
빨리, 뛰어난 의생에게 치료를 받는다는 가정하에······."

제 옷을 찢어 담우천의 상처 부위를 감으며 무투광자는
그렇게 말했다.

"고맙다."

담우천의 말에 무투광자는 입술을 내밀었다.

"고맙다는 소리를 듣고자 하는 일이 아닙니다."

생각해 보니 그의 말투도 상당히 달라져 있었다. 처음 만

났을 때의 불퉁거림이나 비꼬는 듯한 말투가 아닌, 예전 비
선의 동료였을 때나 들어봤음직한 말투.

담우천은 그런 무투광자에게 뭐라 말을 하려다가 마음을
바꿨다. 그리고는 뒤쪽에서 걸어오는 나찰염요를 돌아보며
말했다.

"고생했다, 너도."

나찰염요가 희미하게 웃었다.

"고생은요."

평소처럼 부드럽고 달콤한 목소리였지만 담우천은 그녀
의 목소리에서 왠지 비에 젖은 축축함을 느꼈다. 그게 담우
천을 괜히 불편하게 만들었다. 담우천은 고개를 돌려 자하
를 보며 말했다.

"이제 아이들을 만나러 가는 거다."

폭우와 강풍, 그리고 험한 산길을 걷는 와중에 체력이 많
이 떨어진 자하는 거친 숨을 몰아쉬면서도 방긋 웃었다.

"그래요, 우리 아이들."

담우천은 그녀의 피곤한 얼굴을 보고는 말했다.

"힘들면 업혀."

"그럴 수는 없어요."

자하는 소리 죽여 대답했다.

"동생 분들 앞에서 그런 추한 꼴은 보이기 싫어요."

"그런가?"

담우천은 자하의 속마음을 제대로 이해할 수 없었지만 어쨌든 그녀의 의견을 존중했다.

"하지만 나중에 또 달리게 되면 업혀야 해."

자하는 머뭇거렸지만 곧 고개를 끄덕였다.

"어쩔 도리가 없겠죠, 그때는."

'역시 모르겠단 말이다.'

지금은 안 되고 왜 그때는 되는지 말이다.

담우천은 고개를 휘휘 저었다. 잊고 있었던 손바닥의 통증이 거센 파도처럼 밀려들었다. 그의 얼굴이 일그러졌다. 자하가 놀라며 물었다.

"괜찮아요?"

담우천은 재빨리 표정을 회복하며 말했다.

"괜찮아."

자하는 그의 손바닥이 어떤 상태인지 보지 못했다. 놀랄까 봐, 가슴 아파할까 봐 담우천이 일부러 보여주지 않았고 또 상처를 치료하는 동안에도 그녀가 볼 수 없도록 조심했다.

"별 거 아니다. 싸우다보면 늘상 당하는 부상이지."

담우천은 최대한 아픔을 감춘 채 살짝 미소를 보이며 말했다. 자하는 그를 가만히 올려다보다가 고개를 끄덕이며 말했다.

"어쨌든 빨리 의생을 찾아서 치료해야 해요."

"산을 내려가면 그렇게 하자."

담우천은 그렇게 말하며 앞을 바라보았다.

3. 수사지주(隨絲蜘蛛)

폭우는 모든 것을 떠내려가게 만들 정도로 지독하고 끈질기게 쏟아지고 있었다. 강풍에 나뭇가지들이 비명을 토하며 몸부림을 쳤다. 별도 달도 없어서 한 치 앞이 보이지 않을 정도로 어두운 밤이었다.

네 사람은 물에 빠진 생쥐 꼴이 된 채 묵묵히 걸었다. 사실 담우천과 무투광자, 나찰염요는 이런 강행군에 익숙한 사람들이었다.

그러나 자하는 달랐다. 언제 그녀가 이런 날씨에 이렇게 험한 길을, 그것도 쉬지 않고 몇 시진이나 계속해서 걸어본 적이 있겠는가.

발바닥이 붓고 찢어져서 걸음을 옮길 때마다 참을 수 없는 고통이 전해졌지만 그녀는 내색하지 않았다. 지금 그녀의 아픔은 별 것도 아니었다.

'그이도 참고 있는데.'

담우천은 그녀에게 화상 입은 상처를 보여주지 않았다고 생각했다.

하지만 그건 착각이었다. 그녀는 이미 그 상처를 보았고 또 알고 있었다. 담우천의 상처가 얼마나 깊은지, 얼마나 고통스러운지.

그럼에도 불구하고 자하가 굳이 내색하지 않은 것은 그녀의 남편이 숨기고자 했기 때문이었다. 그녀를 위해, 그녀를 걱정시키지 않기 위해 숨기고자 하는 그 마음을 이해했기 때문이었다.

그래서 자하는 아무 말도 하지 않았고 또 담우천의 상처에 대해서 모른 척한 것이다.

'그런 상처를 보았는데 어떻게 내가 힘들다는, 아프다는 시늉을 할 수 있겠어?'

자하는 입술을 깨물었다. 그리고는 억지로 고통을 참으며 일행과 보조를 맞춰 걸었다. 질퍽거리는 흙탕물 속에서 한 걸음씩, 그녀는 최대한 힘을 내어 걸었다.

하지만 그것도 한계가 있는 법이었다.

"왜 그래?"

담우천이 그녀를 부축했다. 순간적으로 정신을 잃고 쓰러질 뻔했던 자하가 배시시 웃으며 말했다.

"미안해요. 잠깐 졸았나 봐요."

담우천은 자하의 얼굴을 자세히 들여다보았다. 그리고는
고개를 흔들며 말했다.

"안 되겠다. 쉬었다 가자."

"하지만 형님."

무투광자가 난색을 표했다.

"안 그래도 늦고 있습니다. 언제 놈들이 들이닥칠
지……."

"그래요. 난 괜찮아요. 그러니까 계속 가요."

자하도 무릎에 힘을 주며 말했다. 그러나 담우천은 요지
부동이었다.

"안 돼. 차라리 놈들과 부딪치는 한이 있더라도 지금은
움직일 수 없다."

"형님."

"그렇게 해요."

나찰염요가 담우천을 거들고 나섰다.

"언니만 피곤한 게 아니니까요. 오라버니, 아직도 운기조
식을 하지 않으셨잖아요? 조금 쉬면서 기력 회복하고 가
죠."

그녀까지 그렇게 말하자 무투광자는 어깨를 으쓱거리며
어쩔 도리가 없다는 투로 입을 열었다.

"그럼 비를 피할 만한 곳을 찾아보지. 여기서 잠시들 기

다리시죠."

그는 곧바로 사라졌다.

자하는 한숨을 내쉬었다. 그러고 보니 열이 꽤 많이 나고 있었다. 얼굴이 화끈거리고 머리가 지끈거렸다.

담우천은 그녀를 품에 안듯이 잡아당긴 후 머리를 매만지며 말했다.

"역시 쉬어야 해. 몸이 상한다."

"미안해요, 나 때문에."

"아니. 괜찮아."

담우천은 그렇게 말하면서 나찰염요를 바라보았다. 나찰염요가 고개를 끄덕이며 말했다.

"그래요, 괜찮아요. 우리도 요 며칠 동안 제대로 쉰 적이 없어서 힘들었거든요."

고맙다.

담우천은 입모양만으로 말했다.

나찰염요가 희미하게 웃었다. 그들은 눈빛만으로 상대가 무엇을 원하는지 어떤 것을 바라는지 알 수 있을 정도로 오래된 동료들이었다. 아니, 어쩌면 나찰염요만이 그런지도 모르겠지만.

얼마나 시간이 흘렀을까. 어둠 속으로 사라졌던 무투광자가 모습을 드러냈다.

"제법 쉴만한 곳을 찾았습니다."

그는 사람들을 이끌고 자신이 찾은 곳으로 향했다. 산 중턱, 커다란 암석과 암석이 교차되듯 엇갈린 가운데 그 사이로 두어 평 가량의 공간이 있었다.

비탈진 곳이라 비가 들이치지도 않고 지면도 그리 많이 젖어 있지 않아서 그나마 편하게 쉴 수 있을 것 같았다.

"괜찮군."

담우천은 위를 쳐다보며 중얼거렸다.

엇갈린 암석 사이로 몇 방울씩 빗물이 흘러내리고는 있었지만 지금 날씨에 이 정도 쾌적한 공간은 쉽게 찾을 수 있는 게 아니었다.

게다가 산길에서도 구석진 곳에 위치해 있어서 추격하는 이들의 눈에 쉽게 띄지 않는다는 장점도 있었다.

"불만 피우면 정말 금상첨화일 것 같은데… 그건 참기로 하죠."

무투광자가 손을 비비며 말했다.

"그래야겠지."

담우천은 담담하게 대꾸하고는 자하가 걸치고 있는 곰가죽을 벗겨내 입구 쪽으로 가서 물기를 짜낸 다음 다시 그녀에게 입혀 주었다.

그러고 나서 암석에 등을 기댄 채 다리를 쭉 뻗고 앉았다. 담우천의 곁으로 자하가 다가와 앉았다. 자하는 그의 어깨에 고개를 기대며 물었다.

"조금 자도 되죠?"

강인한 정신력을 지닌 자하의 입에서 그런 말이 나올 정도로 지금 그녀는 매우 지쳐 있었다.

"그럼, 당연하지."

담우천이 대답을 했을 때는 이미 그녀는 눈을 감고 잠들어 있었다.

"열이 많은데……."

담우천이 걱정스레 중얼거리자 무투광자가 전대를 열고 약을 꺼냈다.

"해열에 좋습니다."

담우천은 그가 건넨 환단을 자하에게 먹였다.

자하는 잠투정을 벌이듯 뭔가 중얼거렸지만 순순히 약을 받아먹었다.

담우천의 맞은 편, 무투광자 근처에 앉아 있던 나찰염요는 그 광경을 물끄러미 지켜보았다. 문득 담우천과 자하가 손을 잡고 걷던 모습이, 다정하게 껴안던 모습이 지금 저 모습과 겹쳐져 보였다.

그녀는 저도 모르게 속으로 중얼거렸다.

'수사지주(隨絲蜘蛛)라…….'

수사지주는 줄을 따르는 거미라는 뜻으로 서로 헤어져서는 살지 못해서 둘이 꼭 붙어 다니며 떨어지지 않는 관계, 혹은 그런 사람들을 의미했다.

지금 담우천과 자하의 모습은 확실히 수사지주라는 말을 떠올리게 만들기에 충분했다.

"정말이지 모닥불이라도 있었으면 딱 좋겠네요."

문득 나찰염요는 온기가 그리운 듯 그리 말했다.

"내 곁에 붙어."

무투광자의 말에 나찰염요는 스스럼없이 곁으로 바싹 다가가 앉았다.

무투광자의 눈이 휘둥그레졌다.

"왜요?"

"아, 아니… 그냥."

무투광자는 말을 얼버무리고는 맞은편에 앉아 있는 담우천에게로 화제를 돌렸다.

"그나저나 조금 이상합니다."

"뭐가?"

"놈들 말입니다. 꽤 시간이 흘렀는데 쫓아올 기미가 영 없잖습니까?"

맞는 말이었다.

이쪽은 자하와 담우천 때문에 속도를 내지 못했지만 반

면 무적가는 경신술을 펼쳐서 쫓아오고 있었을 테고, 또 그런 까닭에 벌어져 있던 두어 시진의 거리 차이는 금세 좁혀졌을 것이다.

그런데 여전히 놈들이 뒤쫓아 오는 기미는 보이지 않았다.

설마 추격을 포기한 것일까.

"어쩌면……."

나찰염요가 그리 가망성은 없는 이야기라는 투로 입을 열었다.

"복면인들이 무적가의 추격을 훼방하고 있는 건 아닐까요?"

"으음……."

무투광자가 팔짱을 끼며 인상을 찌푸렸다. 담우천은 뭔가 생각하다가 입을 열었다.

"그들의 실력이 어느 정도 되어 보이던데?"

"글쎄요. 우리 못지않은 것 같기도 하고… 제대로 손속을 나눠보지 못해서 정확한 건 모르겠습니다."

"그렇다면 가능성이 없지는 않겠군. 하지만 말이다. 만약 그들이 무적가의 발목을 잡고 있는 게 사실이라면 왜 그들이 목숨을 걸면서까지 우리를 도와주려 할까?

무투광자나 나찰염요 정도 되는 실력이라면 일류를 넘어

선 고수들임에 분명했다.

그러나 상대는 어디까지나 무적가였다. 무적가를 방해한다는 것은 곧 목숨을 걸어야 한다는 것과 그 의미가 다르지 않았다.

그렇게 목숨을 걸면서까지 도와줄 이유가 있을까. 도대체 그들이 누구이기에.

사람들은 아무런 말이 없었다. 다들 복면인들의 정체에 대해서 곰곰이 생각하고 있었다.

어느 순간, 담우천은 눈을 떴다. 저도 모르게 잠깐 잠이 든 모양이었다.

주위를 둘러보니 모두들 잠들어 있었다. 무투광자와 나찰염요는 서로 머리를 기댄 채 자고 있었고, 자하는 담우천의 곁에 누워서 곰가죽을 요와 이불 삼아 잠자고 있었다.

담우천은 길게 기지개를 켠 후 몸 상태를 확인했다.

어제 무투광자가 발라준 금창약이 꽤 좋은 약이었는지 어깨의 상처는 벌써 상당히 아문 상태였다. 문제는 왼손이었는데 아무래도 쉽게 나을 것 같지 않았다.

'어쩔 수 없지. 그나마 이만한 부상이라는 것에 만족할 수밖에……'

그는 눈을 감고 운기조식을 하기 시작했다. 그의 마음이 차분하게 가라앉았다.

빗소리도 바람소리도 들리지 않았다. 오직 그는 자신의 내면 깊숙한 곳을 바라보며 그 자유롭고 부드러운 흐름에 몸을 맡길 뿐이었다.

몸속에서 새로운 기운이, 활력이 차오르기 시작했다. 그 기운들은 담우천의 전신 기맥을 따라 유유자적 헤엄을 쳤다.

느릿하게 시간이 흐르고 있었다. 모처럼 만의 여유가 그의 정신을 평온하게 만들었다.

이윽고 담우천은 상쾌한 기분으로 눈을 떴다. 그는 천천히 자리에서 일어났다. 왼손의 통증을 제외한다면, 담우천의 몸과 마음은 그 어느 때보다도 충만한 정신과 기력으로 가득 차 있었다.

그는 차분하게 걸음을 옮겼다. 암석으로 만들어진 동굴 밖은 여전히 어두웠다.

그러나 비는 슬슬 소강 상태로 접어들은 듯 많이 약해진 상태였고 바람 또한 잠잠해졌다.

동굴 밖으로 나온 담우천은 천천히 주위를 둘러보았다. 송곳처럼 날카로운 감각들이 그의 전신에서 흘러나와 사방으로 흩어졌다.

'이보다 더 맑고 깨끗하며 예리한 오감을 언제 느껴보았

던가.'

담우천은 드디어 자신이 예전 가장 강했을 때의 실력을 되찾았다는 생각이 들었다. 아니, 어쩌면 그때보다도 훨씬 더 강해졌을지도 몰랐다.

그런 생각을 하면서 담우천은 차분하게 입을 열었다.

"숨어 있지 말고 나오지그래."

第八章
선자불래(善者不來)

허 노야는 수긍한 듯 고개를 끄덕였다. 십삼매는 찻잔을 내려놓
으며 말을 이었다.

　"그에게는 계속 사람을 붙여 놓을 거예요. 어떻게 생활하는지,
누구와 함께 있는지에 대해서 세세하게 조사할 겁니다. 만약 그가
빚을 인정하지 않는다면 계속해서 빚을 지게 만들 거구요."

1. 나쁜 자들

"숨어 있지 말고 나오지그래."

담우천은 담담한 목소리로 말했다.

어느새 새벽녘이었다.

하늘에 구멍이라도 뚫린 것처럼 며칠 동안 쉬지 않고 퍼부었던 비도 이제는 많이 약해져서 가랑비처럼 흩날리고 있었다.

산속의 풍광은 고즈넉했고 청량한 공기는 냉기를 한껏 담은 채 콧속으로 들어왔다.

들려오는 소리는 추적추적 내리는 빗물, 바람에 흔들리

는 나뭇잎, 그리고 얼른 날이 개기를 기다리면서 가끔씩 지저귀는 새소리뿐이었다.

어디에서도 인기척은 전혀 느껴지지 않는, 그런 새벽녘의 산속이었다.

하지만 담우천은 팔짱을 낀 채 우뚝 서서 산길 한쪽 옆을 지켜보고 있었다.

우거진 수풀과 나무들 뒤, 아무것도 보이지 않는 곳이었지만 담우천은 마치 그곳에 누군가 있다고 확신하는 듯한 시선으로 바라보았다.

느릿느릿하게 시간이 흐르는 가운데, 마침내 수풀 저편에서 누군가 입을 열었다.

"휴식을 방해했다면 죄송하게 되었소."

그리고 한 사람이 수풀을 헤치고 모습을 드러냈다. 검은 야행복에 복면으로 얼굴을 가린 자. 목소리로 유추해 보자면 삼사십 대의 사내로 보이는 자였다. 바로 무투광자가 이야기했던 그 신비의 복면인이었다.

복면인은 담우천과 약 십여 장 정도 떨어진 거리까지 다가오더니 걸음을 멈췄다.

그는 아무런 말이 없었고 담우천 또한 별 말 없이 그의 눈을 바라보고 있었다.

마치 누가 오랫동안 침묵을 지킬 수 있는가 내기라도 하듯이 두 사람은 그렇게 입을 다문 채 서로를 바라보았다.

내기에서 진 사람은 담우천이었다.

"고맙다는 말을 먼저 해야 하는가?"

질문도 독백도 아닌 이상한 말투였지만 복면인은 기다렸다는 듯이 그 말에 대꾸해 주었다.

"그럴 필요는 없소."

"그렇다면 고맙다는 말은 하지 않겠다."

담우천은 꽤 도발적인 눈빛으로 복면인을 바라보며 말을 이었다.

"궁금한 게 네 가지 정도 있는데 대답해 줄 수 있나?"

복면인은 차분하게 말했다.

"내가 대답할 수 있는 거라면."

담우천이 물었다.

"나를 아는가?"

복면인은 조금도 망설이지 않고 대답했다.

"비선의 대장, 혈검수라 담우천."

복면인은 정확하게 담우천에 대해서 알고 있었다.

하지만 담우천은 여전히 그들의 정체나 신분에 대해서 알지 못했다. 왠지 불리한 대화를 나누고 있다는 기분이 들었다.

담우천이 다시 물었다.

"나를 도와준 이유는?"

"짐 하나 얹어주기 위해서."

"짐?"

"아, 빚이라고 하면 더 설명하기 좋을 것 같소이다만."

"흠, 언제고 내게 도움을 요청할 거라는 뜻이로군. 그리고 나는 그대들에게 빚을 졌으니 반드시 그걸 갚아야 하는 입장인 셈이고."

"그런 거라고 합시다."

"그대들의 소속은?"

"그건 대답할 수가 없소."

처음으로 복면인이 대답을 회피했다. 담우천은 그럴 줄 알았다는 표정을 지으며 말했다.

"하지만 그대들이 누구인지 모른 채 헤어진다면 정작 훗날 도움이 필요해 나를 찾아왔을 때, 그대들인지 아닌지 어찌 확인할 수 있겠나?"

"십삼매."

"십삼매?"

"그렇소. 십삼매라는 별명을 듣고 찾아오는 자가 바로 우리들이오."

십삼매라…….

담우천은 머리를 굴렸다. 과거 십삼매라는 별명을 가진

이가 있었는지 떠올려 보았다.

하지만 십삼매는 특별한 별호나 무명(武名)이 아니었다. 그저 이제(二弟), 대형(大兄) 같은 식의 호칭에 불과했다.

열셋째 누이.

십삼매란 딸 많은 집이나 혹은 여인들이 많은 문파에서 일반적으로 열세 번째 아가씨를 가리켜 지칭하는 단어일 뿐이었다.

그러니 담우천의 뇌리에 떠오르는 얼굴이 있을 리가 없었다.

"궁금한 게 한 가지 정도 더 남은 것 같은데?"

담우천이 상념에 잠겨 있자 이번에는 복면인이 먼저 입을 열었다.

담우천은 살짝 고개를 끄덕이며 말했다.

"내가 부탁을 거절한다면?"

충분히 그럴 수 있었다.

애당초 도와달라고 한 것도 아니었다. 게다가 꿍꿍이속을 가지고 손을 내밀어 도와주는 걸 두고서 고마워한다든지 반드시 은혜를 갚는다든지 하는 건 상당히 불쾌한 일이었다. 속셈이 있는 도움은 도움이 아니었다.

그러나 복면인은 태연하게 말했다.

"속셈이 있는 도움도 도움이 아니겠소?"

담우천은 가만히 그를 바라보았다. 복면인은 어깨를 으쓱거리며 말을 이어나갔다.

"그럼에도 불구하고 뭐 거절하면 어쩔 도리가 없겠지. 우리가 도와달라고 강제할 수는 없으니까. 우리의 부탁을 들어주느냐, 거절하느냐는 오로지 전적으로 당신의 뜻과 의지라고 할 수 있겠소."

"그런 불명확한 미래를 위해서······."

담우천은 주위를 슬쩍 둘러보며 말했다.

"함께 온 대부분의 동료들을 죽거나 다치게 할 정도로, 그렇게 내 도움이 절실한 건가?"

무투광자의 말에 의하자면 복면인 일당의 수가 삼사십 명은 족히 된다고 했다.

그런데 지금 이 복면인 뒤에 숨어 있는 자들의 수는 불과 열 명도 되지 않았다. 그럼 나머지 이삼십 명은 지금 어디에 있을까.

'우리를 대신하여 밤새도록 제갈원을 유인했을 것이다. 그리고······.'

그들의 실력 차이나 제갈원의 잔악무도한 성정을 생각해 보았을 때 대부분 죽었을 가능성이 농후했다.

지금 담우천이 했던 말은 바로 그러한 가정에서 나온 이야기였다.

"글쎄……."

복면인은 처음으로 말꼬리를 흐렸다. 그는 잠시 생각하다가 입을 열었다.

"그건 잘 모르겠소. 어쩌면 귀하의 도움이 절실할지도 모르오. 또 어쩌면 전혀 필요하지 않을지도 모르오. 단지 우리는… 지시에 따라 행동할 뿐이오. 목숨을 바쳐서라도 귀하를 도우라는……."

"십삼매의 명령?"

"그렇소."

담우천은 살짝 고개를 끄덕였다.

이들이 어떤 조직의 인물들인지는 모르겠지만 어쨌든 상하 관계가 매우 절대적이라는 사실은 알 것 같았다.

또한 십삼매라는 별명을 입에 올릴 때마다 복면인의 눈가에 깊은 존경과 신뢰의 빛이 스며드는 것 또한 볼 수 있었다.

'부하들에게 이 정도의 신뢰와 존경을 받다니… 십삼매라는 여인, 상당히 좋은 상관인가보군.'

담우천이 그런 생각을 하고 있을 때였다.

복면인이 암석으로 만들어진 동굴 쪽으로 시선을 돌리며 말했다.

"동료 분들이 깨어나신 것 같구려. 그럼 이만 물러나겠소이다."

담우천이 뭐라고 말하기도 전에 복면인이 재차 입을 열었다.

"우리는 귀하가 무사히 이 천자산을 벗어날 때까지 최선을 다해 호위하겠소. 그러니 뒤는 안심하시고 최대한 빨리 이곳을 빠져나가는데 주력하기 바라오."

"그것도 내가 갚아야 할 빚이오?"

"덤이라고 생각하시오."

문득 복면인이 웃는 것처럼 느껴졌다.

"빚 자체가 중요한 것이지 그것이 크고 작냐 하는 건 문제가 되지 않으니까."

복면인은 그 말을 남기고 수풀 뒤로 사라졌다.

그와 동시에 숲속에 숨어 있던 다른 이들의 기척 역시 자취를 감췄다.

담우천이 길게 숨을 들이쉴 때, 동굴에서 무투광자가 걸어 나왔다.

"만나셨소?"

그는 이미 알고 있다는 듯이 물었다.

"그래."

"어떻습디까?"

담우천은 복면인들이 사라진 방향을 잠시 바라보다가 몸

을 돌렸다.

그리고 천천히 말했다.

"아주 나쁜 자들이더군."

무투광자가 고개를 갸웃거렸다.

"그렇게 악독한 놈들이었습니까? 내가 보기에는 전혀 그런 것 같지 않던데."

아니, 진짜 나쁜 자들이다.

담우천은 속으로 중얼거렸다.

선자불래(善者不來) 내자불선(來者不善)이라고, 착한 자들은 찾아오지도 않고 찾아오는 자는 선하지도 않았다. 그런 의미에서 담우천을 찾아온 복면인은 결코 선한 자가 아니었다. 선한 뜻을 가지고 온 것도 아니었다.

나쁜 자들.

'선의를 가장하여 자기들 마음대로 내게 빚을 지우다니 말이다.'

2. 아무도 모르는 영웅담

"빌어먹을!"

제갈원은 욕설을 퍼부으며 발길질을 했다.

제갈원의 발은 그의 앞에 짚더미처럼 쓰러져 있던 복면

인의 배를 걷어찼다. 복면인이 짚인형처럼 가볍게 솟구쳤다가 풀썩! 거리며 땅에 떨어졌다.

그 반응을 보아하니 아무래도 죽은 지 꽤 오래된 시신인 것 같았다.

그렇게 부관참시(剖棺斬屍)에 가까운 행동을 했음에도 불구하고 제갈원은 여전히 화가 풀리지 않는 기색이었다.

"이 자식들, 도대체 어디서 온 뭐하는 놈들이야? 왜 우리를 엉뚱한 곳으로 유인했는데?"

그 말에 대답해 주는 이는 없었다. 사실 지금 곳곳에 쓰러져 있는 복면인들이 어디에서 온 누구인지 아는 사람은 단 한 명도 없었으니까.

무적가의 무사들은 그 시신들의 옷을 뒤적거리고 복면을 벗겨서 신원을 확인하려 했지만 단서가 될 만한 것은 아무것도 나오지 않았다.

"담우천, 그 개자식은 지금 어디쯤 갔을까?"

이규가 시신을 뒤적거리며 중얼거렸다.

그들이 절벽 길에서 되돌아 나와 만장철벽의 정상으로 올라갔을 때, 급박하게 도주한 듯한 희미한 흔적들을 그곳에서 발견할 수 있었다.

그게 자신들을 엉뚱한 방향으로 유인하기 위한 복면인들의 함정이라는 걸 모르고 무적가의 사람들은 잔뜩 흥분한 채 그 뒤를 쫓았다.

담우천 일행이 북동쪽으로 도주하고 있는 동안 복면인들은 무적가 사람들을 동남쪽으로 유인했고, 막다른 곳에서 마주친 그들과 격렬하게 싸웠다.

하지만 승패가 확 기울자 일제히 자결하는 것으로 스스로의 입을 막았다.

그렇게 복면인들은 결국 제 역할을 모두 끝낸 채 이렇게 목숨을 잃고 바닥에 쓰러진 것이다.

실로 영웅적인 산화.

하지만 그들의 영웅담을 알아줄 이 역시 아무도 없었다.

"빌어먹을! 제기랄!"

제갈원은 제자리에서 빙글빙글 돌며 마구잡이로 욕설을 퍼부었다.

엉뚱한 곳에서 엉뚱한 자들과 싸우고 또 엉뚱한 곳에 화를 풀고 있었다.

자운백이 조심스레 다가와 입을 열었다.

"놈을 놓친 것 같소이다."

"알고 있소!"

제갈원이 버럭 소리쳤다. 그러나 여전히 자운백은 침착하게 자신이 할 말을 이야기했다.

"그러니 지금 이곳에서 마구잡이로 뒤질 게 아니라 한 발

물러나 본가로 회군하는 게 나을 것 같소이다."

"그런다고 뭐가 달라지오? 집으로 돌아가면 놈들을 뒤쫓을 단서가 나오기라도 한답니까?"

"태극천맹이 있소이다."

"응?"

처음으로 제갈원이 호기심을 드러냈다.

"태극천맹의 태극감찰밀을 동원한다면 놈의 행방을 수소문할 수 있을 것이외다. 우리는 지친 체력과 소진한 내공을 회복하면서 그들의 소식이 오기를 기다리면 되는 것이오."

하기야 지금의 상황에서는 최선의 선택이었다. 물론 이렇게 물러나야 한다는 게 분하고 자존심 상하는 일이기는 했지만 말이다.

제갈원이 망설이는 기색을 보이자 자운백은 그의 잘려나간 귀 쪽을 바라보며 말을 이었다.

"게다가 소가주의 그 상처… 빨리 치료하지 않으면 덧날 수도 있지 않겠소?"

"흥, 이깟 상처."

라고는 말했지만 생각할수록 분하고 화가 나는 제갈원이었다.

한때 길렀던 개가 야생의 늑대로 돌아와 주인의 귀를 뜯어버린 데에서 오는 충격과 불신, 분노와 증오가 그의 얼굴

가득 담겨 있었다.

"죽이겠어!"

그는 주먹을 불끈 쥐며 중얼거렸다.

"최대한 치욕과 좌절을 안겨 주지, 네놈에게. 그러니 기
다리고 있으라구."

제갈원은 저주처럼 혼자서 중얼거리다가 불쑥 몸을 돌리
며 크게 소리쳤다.

"돌아간다, 세가로!"

3. 임무 완수

임무 완수.

급한 필체로 적혀 있는 쪽지의 내용이었다.

누가 보냈는지도 어떤 임무인지도 전혀 알 수가 없는 단
한 줄의 글이었다.

그러나 쪽지를 펼쳐들고 읽은 십삼매는 조용히 고개를
끄덕였다.

"잘 했어요."

그렇게 말하는 그녀의 눈가에는 눈물이 맺혀 있었다. 자
세한 보고는 따로 날아오겠지만 저 다급한 필체만으로도

그녀는 충분히 짐작할 수가 있었다. 그녀의 수하들이 얼마나 많은 고생을 했는지, 또 임무를 완수하는 과정에서 얼마나 많은 이들이 목숨을 잃어야 했는지.

그것은 그 누구도 기억해 주지 않는, 알아 주지 않는 죽음이었다.

그래서 십삼매는 더욱 가슴이 아프고 목이 메었다.

"그대들의 희생이 있기에 우리들의 승리가 존재하는 거죠. 이건 모두 그대들 덕분에 이룰 수 있는 대업(大業)이랍니다."

그녀는 자신의 앞에 앉아 있던 늙은이에게 쪽지를 건네며 중얼거렸다.

늙은이는 조심스레 그 쪽지를 받아들더니 가볍게 손가락으로 쪽지를 문질렀다.

화르륵!

쪽지는 금세 불이 붙어 재가 되었다.

노인은 그 재를 탁자 옆의 타구(唾具)에 버리면서 입을 열었다.

"담우천, 그자가 제 빚을 인정하려 들까요?"

공손한 자세, 공손한 목소리.

반면 십삼매 또한 공경스러운 자세와 목소리로 대답했다.

"그럴 거예요. 허 노야(老爺). 비록 우리와는 원수지간이라고 할 수 있지만 그자의 맺고 끊는 성정만큼은 확실하게 인정하니까요. 빚이라고 생각하다면 반드시 갚으려 들 거예요."

허 노야라 불린 늙은이는 곰방대에 불을 붙이며 고개를 갸웃거렸다.

"하지만 말입니다. 아가씨께서 굳이 그자를 끌어 오려고 하는 이유를 잘 모르겠습니다. 그자 말고도 대업을 이룰 후보는 많지 않습니까?"

"다다익선(多多益善)이라고 해둘까요?"

십삼매는 고혹스러운 자태로 차를 마시며 말했다.

"사실 그자의 살기(殺氣)가 필요해요. 그자의 경험과 연륜도 필요해요. 우리가 키우고 있는 자들은 하나같이 일천한 경험을 지니고 있으니까요."

"흠……"

"게다가 이번 일에는 우리가 적극적으로 끼어들 필요도 없거든요. 무적가의 제갈원은 결코 그자를 가만 놔두지 않을 거고 결국 그와 무적가는 반드시 크게 붙게 되어 있어요. 우리는 그저 옆에서 그들이 크게 싸울 수 있도록 조금만 힘써주면 되죠. 간단하잖아요?"

허 노야는 수긍한 듯 고개를 끄덕였다. 십삼매는 찻잔을 내려놓으며 말을 이었다.

"그에게는 계속 사람을 붙여 놓을 거예요. 어떻게 생활하는지, 누구와 함께 있는지에 대해서 세세하게 조사할 겁니다. 만약 그가 빚을 인정하지 않는다면 계속해서 빚을 지게 만들 거구요."

허 노야는 곰방대를 빨면서 묵묵히 그녀의 이야기를 귀담아 들었다.

"또 그가 무적가를 비롯한 오대가문과 계속 연관이 되도록 방법을 강구할 겁니다. 그래서 그는 우리의 훌륭한 손이 되게끔 만들 거예요."

이윽고 그녀의 말이 끝났다. 허 노야는 곰방대를 털어내면서 말했다.

"모든 게 십삼매의 뜻과 의지대로 이루어질 겁니다."

"그래야죠."

그녀는 달콤하게 웃으며 말했다.

"그게 나와 우리의 대업을 위해 미련 없이 죽어간 이들에 대한 최소한의 보상일 테니까요."

그녀의 말에 허 노야까지 숙연한 표정을 지을 때였다.

"엄마! 아니 언니!"

나이 어린 계집애의 호들갑스런 목소리와 함께 방문이 덜컥 열렸다.

귀엽고 깜찍하게 생긴, 하지만 몸매만큼은 성숙해서 이십대의 요염함까지 지니고 있는 소녀가 방안으로 뛰어들다가 허 노야를 보고는 깜짝 놀라며 헤헤 웃었다.

"허 할아버지도 계셨네요."

허 노야가 살짝 눈살을 찌푸렸다.

"체통을 지키셔야죠, 둘째 아가씨."

소녀는 허 노야를 어려워하는 듯 우물거리며 웃었다. 십삼매가 그녀를 보며 물었다.

"무슨 일이기에 그토록 소란을 피우면서 들어온 거니?"

소녀가 눈을 반짝이며 말했다.

"강 아저씨가 말이에요. 북경부로 출발했어요! 다들 그걸 보러 나갔어요. 우리도 가요!"

십삼매는 피식 웃으며 말했다.

"됐어. 뭐가 그리 대단한 일이라고 구경까지 하러 가?"

"하지만 언니… 이제 못 보면 일 년 간은 만나지 못하잖아요? 지금 안 보면 계속 그리워할 텐데요, 언니?"

소녀는 나이에 걸맞지 않게 음흉스러운 표정을 지으며 말했다.

"요 녀석, 정말 못하는 소리가 없다니까!"

십삼매는 그녀의 머리에 알밤을 먹이는 시늉을 했다. 소녀가 장난스럽게 목을 움츠렸다.

"좋아."

십삼매는 웃으며 고개를 끄덕였다.

"그럼 얼마나 대단한 장관인지 한 번 구경나가 보기로 할까?"

그녀가 자리에서 일어나자 허 노야도 따라 일어섰다. 소녀가 눈을 휘둥그레 뜨며 물었다.

"할아버지도 강 아저씨를 만나시게요?"

"내가 왜 그 뚱보를 만나겠습니까? 볼 일이 끝났으니 이제 가게로 돌아가야죠. 먹고 살려면 돈을 벌어야 하니까 말입니다."

허 노야는 세상 산다는 게 정말 힘들다는 표정을 지었고 소녀는 까르르 웃었다. 십삼매는 그런 두 사람을 바라보며 희미하게 웃었다.

하지만 언제나처럼 그녀의 눈은 전혀 웃지 않고 있었다.

그녀의 시선은 두 사람을 향하고 있었지만 그녀의 머리는 앞으로의 새로운 계획을 세우느라 바쁘게 움직이고 있었다.

단 한 순간도 마음 놓고 제대로 쉴 수 없는 자리.

그게 십삼매가 책임자로 있는 황계의 계주라는 자리였다.

4. 손을 떼기로 한다

"…그렇게 담우천은 황계의 도움을 받아 천자산을 떠날 수 있었고 무적가는 아무런 소득 없이 발길을 돌렸습니다. 이후 무적가는 태극감찰밀을 동원하여 현재까지 담우천의 행방을 수소문하고 있는 중입니다."

벽을 밀듯이 뚫고 튀어나온 얼굴 형상은 태사의에 앉아 있는 사내를 향해 그간 보고 들었던 경과에 대해서 보고하고 있었다.

"무적가가 담우천의 행방을 알아낼 때까지 앞으로 한동안은 조용할 것 같습니다. 이것으로 보고를 마칩니다."

한쪽 다리를 꼬고 태사의의 팔걸이에 팔을 괸 채 앉아서 보고를 들었던 사내는 한참이나 상념에 잠겼다가 불쑥 입을 열었다.

"황계까지 끼어들었다는 말이지?"

"그렇습니다."

"흠, 그것 참……."

그는 손가락으로 팔걸이를 톡톡 치면서 다시 생각에 빠져들었다.

"일이 복잡하게 진행되는군그래."

동료들로부터 조왕이라고 불리는 사내는 마땅치 않다는

표정을 지으며 연신 혼자서 중얼거렸다.

"결국 그렇게 되는 걸까. 그렇다면 굳이 우리가… 하지만 그것도 마음에 들지 않는데……."

이해가 가지 않는, 연관성이 떨어지는 말을 중얼거리던 사내는 마침내 결심했다는 듯이 손바닥으로 팔걸이를 탁! 치면서 입을 열었다.

"우리는 여기에서 손을 떼기로 한다."

정말이지 의외의 선언이었다. 벽면의 얼굴 형상 또한 상당히 놀란 모양이었다.

"네?"

얼굴 형상은 저도 모르게 그렇게 되물었다. 평소라면 상당한 문책을 받을 수도 있는 상황이었지만 사내 조왕은 신경 쓰지 않고 말을 이었다.

"사실 놈 때문에 지금까지 본 손해가 적지 않다. 하지만 지금 상황에서는 그 손실을 만회하려 할수록 더 큰 손해를 입게 된다. 놈이 두려워서 손을 떼는 게 아니다. 상황이 그렇다는 말이다."

"……."

얼굴 형상은 묵묵히 조왕의 이야기를 들었다.

"게다가 황계까지 합류했다면 일은 더욱 커질 것이고 상황은 더 혼란 속에 빠져들 것이다. 그 수렁 속으로 함께 뛰

어드느니 차라리 약간 떨어진 곳에서 관망하면서 수렁 밖
으로 튀어나오는 이득들을 챙기는 게 더 현실적이라는 게
다."

논리적으로, 이성적으로 옳은 말이다.

담우천에게 당한 것에 대한 복수와, 잃어버린 체면을 생
각하지 않는다면 그보다 더 현실적으로 옳은 방법은 또 없
었다.

"어차피 우리에게 중요한 건 체면이나 복수가 아니니까.
돈이 최고가 아닌가. 그러니 차후 벌어질 일들을 지켜보면
서 우리가 어느 부분에서 이득을 취할 수 있을지 고민하는
게 더 낫다."

"그러면 놈에 대한 감시를 물릴까요?"

"아니, 그럴 필요는 없지. 이번 일의 한가운데에 놈이 있
으니까."

조왕은 고개를 저으며 말했다.

"놈에 대한 경계망은 풀지는 않는다. 놈을 지켜보면서 상
황을 파악하고 추이를 살펴야 한다. 하지만 우리가 전면으
로 나서는 일은 이제 없다. 놈이 도발하지 않는 한, 이제 우
리와 놈은 아무 관계가 없는 것이다."

"존명."

얼굴 형상은 무심하게 대답했다.

조왕은 잠시 생각하다가 다시 새로운 지시를 내렸다.

"더불어 지금까지 담우천과 관련되어 있던 모든 이들을 현직에서 내리고 새로운 인물로 교체한다. 연관된 인신매매 조직은 모두 잘라내고 새로운 조직들과 새로운 길을 모색하기로 한다."

"존명."

"본계(本界)의 비밀을 누설한 영도선사는 목숨으로 그 죄를 배상하게 만들고."

"알겠습니다. 따로 하실 말씀은?"

잠시 생각하던 조왕은 아, 하는 얼굴로 물었다.

"그렇지. 천계주는 지금 어디 계시는가?"

"항주 쪽 야시에 들리셨다는 보고가 있었습니다. 그 이후의 행적은……."

"흠, 늘 바람 같으신 분이라… 이번 일에 대한 보고를 해야 하는데 말이지. 정기본회(定期本會)까지 기다리기 힘든데 말이지."

"알아보겠습니다."

"그래. 부탁하지."

얼굴 형상은 늘 그랬던 것처럼 벽면 안으로 쓰윽 밀려들어가면서 자취를 감췄다.

방에는 조왕 홀로 남았다.

그는 턱을 쓰다듬으면서 방금 전 자신이 내렸던 결정에 대해서 다시 한 번 심사숙고했다. 이윽고 그는 고개를 끄덕이며 중얼거렸다.

"그래, 아무리 생각해도 이게 최선인 것 같다."

第九章
향우이읍(向隅而泣)

문득 그는 우울해졌다.

집에 돌아왔는데, 아내를 구하고 아이들과 재회했는데, 오랜 기간 동안 알았던 동료들과 함께 있는데 외려 더 가슴이 답답하고 괴로웠다.

외롭다.

향우이읍(向隅而泣). 한없는 외로움과 절망에 빠지다, 라는 표현이 담우천에게 있어서 지금처럼 어울리는 말이 될 줄 어느 누가 알았겠는가.

그랬다. 담우천은 처음으로 외로움을 느꼈다. 자신이 좋아하는, 자신을 좋아하는 사람들에 둘러싸인 채로.

1. 엄마

잘 꾸며진 고즈넉한 장원이었다.

날씨는 맑고 하늘은 푸르른 아침이었다. 한적한 주택가
인 까닭에 장원 주변을 오가는 사람은 거의 보이지 않았다.
그 장원을 향해 다가서는 사람들이 있었다.

이남이녀(二男二女).

오랜 여행길인지 행색은 형편없었으며 몰골은 초췌했다.
그러나 눈빛만은 아침햇살처럼 밝게 반짝이고 있었다. 그
들은 열흘 전 무적가의 천라지망을 빠져나와 천자산에서
탈출한 담우천과 자하, 그리고 무투광자와 나찰염요였다.

그들이 장원 입구에 다가서자 안쪽에서 어린아이가 까르르 웃는 소리가 들려왔다. 뒤이어 갓 말을 배운 듯한 꼬마 아이의 목소리가 이어졌다.

"형아, 형아! 나도 줘!"

순간 앞서 걷던 여인, 자하의 다리가 휘청거렸다. 바로 곁에 있던 사내, 담우천은 얼른 그녀를 부축했다.

"아창인가요?"

자하는 담우천을 돌아보며 물었다.

담우천이 고개를 끄덕이자 자하는 눈가에 고인 물기를 살짝 닦아내며 말했다.

"불과 몇 달 못 봤다고… 벌써 저렇게 말을 잘해요?"

"수다쟁이가 되었다니까."

담우천은 그녀를 부축한 채 장원으로 향하며 말했다. 자하는 길게 숨을 들이마시며 마음을 차분하게 가라앉히려고 노력했다.

담우천이 문을 두드렸다.

일순 쾌활하게 들려오던 아이들의 목소리가 거짓말처럼 사라졌다.

문득 자하의 표정이 복잡미묘하게 변했다.

"누구시오?"

중년 사내의 목소리가 안쪽으로부터 들려왔다. 담우천이

차분하게 말했다.

"나다."

"설마… 대장?"

들려오는 중년인의 목소리가 떨리는가 싶더니 이내 문이 활짝 열렸다.

문을 열고 나타난 중년인, 이매청풍의 눈이 휘둥그레졌다.

"대장! 역시 대장이셨군요!"

담우천이 가볍게 눈살을 찌푸리며 말했다.

"그럼 나 말고 또 누가 있겠느냐?"

"아, 정말 기다리고 있었습니다. 왜 이리 늦으셨습니까? 그런데 이분은… 그렇군요! 형수님, 형수님 맞죠?"

중년인은 호들갑스럽게 말했다. 자하는 가볍게 고개를 숙여 인사했다.

중년인도 얼른 두 손을 모으며 허리를 숙였다.

담우천이 손을 내저었다.

"인사는 안에 들어가서 하자."

그는 중년인을 젖히고 앞으로 걸어 나갔다.

장원의 마당에는 두 명의 꼬마아이들이 돼지 방광으로 만든 공을 가지고 우두커니 서 있었다. 바로 그 뒤로는 젊은 여인이 두 아이를 감싼 채 담우천과 자하가 들어서는 모습을 지켜보고 있었다.

담우천의 표정이 살짝 변했다.

어딘지 낯선 분위기였다. 다른 느낌의 공기가 장원에 맴돌고 있었다.

묘하게 살짝 떠 있는 듯한 기분. 생전 처음 보는 사람끼리 마주한 듯한 어색함.

'불과, 불과 한 달 정도 보지 못했다고 이런 기분이 들다니……'

담우천은 고개를 흔들었다. 그리고 자하와 함께 아이들에게 다가가며 말했다.

"아빠가 왔다."

"아, 아빠……."

두 꼬마 중에서 형처럼 보이는 아이, 담호가 놀란 목소리로 중얼거렸다.

담우천이 고개를 끄덕이며 말했다.

"그래. 아빠다. 약속한 대로 엄마와 함께 왔다."

"엄마?"

담호는 그제야 담우천의 옆에 서 있는 자하를 쳐다보았다.

소년의 눈이 동그랗게 확대되더니 이내 눈물이 고여 글썽거리기 시작했다.

"어, 엄마······."

자하도 눈물을 글썽거렸다. 그녀는 무릎을 꿇고 앉아서 두 팔을 벌리며 말했다.

"아호. 몰라보게 컸구나."

담호는 공을 팽개치고 단숨에 달려와 그녀의 품에 안겼다.

자하는 소년을 꼭 껴안은 채 얼굴을 비볐다.

"정말 많이 컸구나, 아호."

"엄마, 엄마, 엄마."

담호는 엉엉 울면서 연신 엄마를 외쳤다. 자하 또한 눈물을 흘리며 담호의 볼을 쓰다듬고 이마에 입을 맞추고 머리를 쓰다듬었다.

뒤따라 들어오던 무투광자가 헛기침을 하며 고개를 외로 돌렸다.

괜히 눈물이 날 것만 같은 것이다.

반면 나찰염요는 물끄러미 그 뒷모습을 지켜보았다. 표정만으로는 그녀가 무슨 생각을 하는지 도저히 알아차릴 수가 없었다.

"엄마, 엄마······."

"그래, 우리 아가. 엄마란다."

담호를 보듬고 쓰다듬던 자하는 고개를 들고 담창을 바

라보았다.

담창은 믿어지지 않을 정도로 성장해 있었다. 작년 시월 그녀가 납치당할 때만 하더라도 걷는 것조차 힘든 아기였는데 어느새 뜀박질까지 하는 꼬마가 되어 있었다. 겨우 맘마, 정도 말을 하던 아이가 이제는 제 의견을 또렷하게 밝힐 줄 알게 되었다.

자하는 담호를 껴안은 채 담창을 향해 한 손을 펼치며 부드럽게 말했다.

"아창도 오렴, 엄마에게."

그때였다.

전혀 생각하지 않았던, 그곳에 있던 모든 이들을 당혹하게 만드는 말이 담창의 입에서 튀어나왔다.

"아냐!"

담창은 재빨리 젊은 여인의 뒤로 숨어 돌아가 그녀의 치마를 잡은 채 소리쳤다.

"울 엄마는 여기 있어!"

모든 사람들이 놀라고 당황해 하는 순간, 그 누구보다도 당황하고 놀란 건 바로 그 젊은 여인 소화였다. 담창이 자신의 치마를 잡으며 엄마라고 말할 줄은 꿈에도 생각하지 못했으니까.

소화는 저도 모르게 담우천과 자하를 바라보았다. 담우

천의 무심한 눈빛이 냉정하게 반짝였다. 자하의 눈물에 젖어 있는 얼굴에는 안타까움과 당혹감이 스며들었다.

멍한 얼굴로 그 두 사람의 표정을 번갈아 바라보던 소화는 퍼뜩 정신을 차렸다.

'아 참, 이럴 때가 아니지.'

재빨리 정신을 차린 소화는 제 치마에 달라붙어 있는 담창을 떼어내며 부드럽게 말했다.

"무슨 소리니, 아창? 누나는 가짜 엄마라고 몇 번이나 말했어? 진짜 엄마가 저기 있잖아?"

하지만 소용이 없었다.

담창은 고개를 마구 흔들더니 소화의 치마에 얼굴을 파묻으며 말했다.

"아냐, 아냐! 엄마가 내 엄마야. 내 엄마야!"

소화는 어찌할 바를 몰라 했다. 자하는 입술을 질끈 깨문 채 그 두 사람을 지켜보고 있었다.

"이상한 데에서 떼를 쓰네. 자꾸만 그렇게 떼를 쓰면 누나가 화를 낼 거야."

"누나 아냐, 엄마야!"

"아창."

나지막한 목소리가 담우천의 입에서 흘러나왔다. 주위의 모든 것을 얼어붙게 만들 정도로 차가운 음성. 한참 떼를

쓰며 징징거리던 담창마저도 움찔 놀라 입을 다물게 만들
정도로 매서운 목소리였다.

담우천이 눈을 가늘게 뜨며 말했다.

"엉뚱한 소리 하지 말거라. 네 엄마는 여기 있으니까."

한 동안 입을 삐죽이던 담창은 울먹거리며 말했다.

"아니라니까."

"아창!"

"아빠, 미워! 아빠 사라져!"

담창은 급기야 울면서 소리쳤다. 고사리 같은 손으로 소
화의 치마를 꽉 쥔 채, 아이는 장원이 떠나가라 울음을 터
뜨렸다.

사람들은 어찌할 바를 몰랐다.

이매망량도, 소란을 듣고 뒤늦게 본채에서 달려 나온 만
월망량도, 무투광자와 나찰염요도, 소화도 담우천과 담창
을 번갈아 바라볼 뿐 아무 것도 하지 못했다.

자하는 눈물 글썽거리는 눈으로 담창을 바라보았다. 여
전히 그녀의 품에는 담호가 안겨서 흐느끼고 있었다. 자하
는 담호의 등을 토닥거리는 한편, 울며 떼를 쓰는 담창을
아련한 시선으로 지켜보았다.

그러나 담우천은 가만히 있지 않았다. 그는 성큼성큼 다
가가 소년의 뺨을 내리치려 했다. 사방에서 새된 비명과 낮

은 신음이 흘러나왔다.

소화가 재빨리 나서며 담창의 앞을 가로막았다. 그녀는 사정하듯 담우천에게 말했다.

"죄송해요, 제 잘못이에요. 제가 알아듣게……."

하지만 그녀는 채 말을 잇지 못했다.

"나가라."

담우천이 냉정하게 말했기 때문이었다.

2. 나가라

나가라.

짧은 한 마디. 그러나 장원 마당에 서 있는 모든 사람들을 얼어붙게 만든 한 마디.

소화도 마찬가지였다.

"네?"

그녀는 이해가 가지 않는다는 표정으로 되물었다. 담우천은 그런 그녀를 똑바로 바라보며 말했다.

"그동안 아이들을 돌보느라 수고했다. 하지만 이제 애들 엄마가 왔으니 그만 가도 좋다."

"형님!"

"대장!"

무투광자와 이매망량들이 소리쳤다.

그들은 담우천이 없는 동안 소화가 얼마나 헌신적으로 아이들을 돌보았는지 잘 알고 있었다.

그런 까닭에 지금 담우천의 처사가 너무 매정하다고 느낀 것이다.

하지만 정작 소화는 아무런 말을 하지 않았다. 그녀는 담우천을 잠시 쳐다보다가 힐끗 자하를 돌아보았다. 그리고는 알았다는 듯이 고개를 끄덕이며 활짝 웃었다.

"그렇죠. 아줌마가 오셨으니까 이제 제 할 일은 모두 끝난 거네요. 알겠어요. 들어가서 짐을 꾸릴게요."

담우천은 무뚝뚝하게 말했다.

"돈은 충분히 주마."

"형님!"

"대장!"

이번에도 무투광자와 이매망량들이 소리쳤다. 하지만 다음 순간 그들은 입을 쩍 벌렸다.

짝!

경쾌한 소리와 함께 소화의 손이 담우천의 뺨을 후려친 것이었다. 어이없게 뺨을 한 대 얻어맞은 담우천의 표정은 여전히 변함이 없었다.

소화는 새빨개진 눈으로 표독스럽게 담우천을 쳐다보며

부들부들 떨리는 목소리로 말했다.

"돈 때문이 아니라구요."

그녀의 목소리는 너무나 떨리고 조그맣게 새어나와서 쉽게 알아들을 수가 없었다. 담우천은 무심한 눈빛으로 그녀를 바라보았다.

소화는 주먹을 불끈 쥔 채, 입술을 깨문 채 담우천을 노려보다가 이윽고 어깨를 축 늘어뜨리며 한숨을 쉬듯 입을 열었다.

"죄송해요. 감히 아저씨 뺨을……."

"됐다."

담우천은 허리를 숙이며 말했다.

"이런저런 소리 할 시간이 있다면 빨리 가서 짐이나 싸라."

담우천은 매정한 한 마디를 남긴 채 담창을 강제로 안아들었다. 담창이 발버둥을 치며 울었지만 아버지의 완력을 당해낼 수는 없었다.

"아빠 싫어! 아빠 가!"

담우천의 품에 안긴 담창은 손과 발을 휘저었다. 담우천은 가볍게 아이의 머리를 쓰다듬으며 말했다.

"한숨 자고 일어나거라."

일순 담창은 주술이라도 걸린 것처럼 반항을 그치고 축

늘어진 채 잠들었다. 담우천이 아이의 수혈(睡穴)을 짚은 것이다.

소화는 그 광경을 물끄러미 지켜보다가 몸을 돌리고는 그대로 본채를 향해 뛰어갔다.

"너무하시는 거 아닙니까, 대장?"

이매청풍이 화난 얼굴로 따졌다. 만월망량도 오래간만의 해후에 반가워하기 이전에 담우천의 처사가 너무 냉정했다는 불만을 표시했다.

그러나 담우천은 아무런 말없이 자하에게 걸어가 품 안의 담창을 건넸다.

자하는 자리에서 일어나 아이를 받아들었다.

"아창, 정말 많이 컸구나."

자하는 담창의 잘생긴 이마를 쓰다듬으며 중얼거렸다.

"떼쓰는 건 여전하고."

그때였다.

"미안해요, 엄마."

담호가 눈물을 닦으며 사과했다. 자하는 눈을 휘둥그레 뜨며 물었다.

"뭐가 미안한데?"

"내 잘못이에요."

담호는 여전히 울음기 묻어나는 목소리로 말했다.

"아창이 하두 엄마를 찾으며 울기에 소화 누나를 엄마라고 부르라고 했거든요. 또 소화 누나에게도 엄마처럼 해달라고 부탁했구요. 다 내가 잘못한 거예요."

"아냐, 아호."

자하는 한쪽 무릎을 꿇으며 담호의 시선에 제 시선을 맞췄다.

그리고는 담호에게 더 없이 부드럽고 자상한 미소를 보여주며 말했다.

"동생을 위해서 많이 노력했는데 그게 왜 잘못이겠니? 외려 너희들과 떨어져 있던 엄마가 잘못한 거지."

"엄마."

담호는 다시 자하에게 달라붙으며 말했다.

"이제 멀리 안 가실 거죠?"

"그럼. 두 번 다시 너희들과 떨어져 있지 않을 거야."

담호는 행복한 표정을 지었다. 그러나 곧 무슨 생각이 들었는지 침울하게 말했다.

"하, 하지만 소화 누나도 잘못이 없어요."

자하는 고개를 끄덕이며 말했다.

"물론 잘못이 없지. 엄마도 잘 안단다. 엄마 대신 소화 누나가 정말 너희들을 잘 보살펴 주었다는 것도 잘 알고 있단다. 그러니 엄마가 소화 누나에게 고마워해야겠지."

"그런데도 저렇게 쫓겨나듯 떠나잖아요."

"그건 엄마가 알아서 할게. 걱정 말거라."

자하는 담호의 머리를 쓰다듬은 후 자리에서 일어났다. 그리고 담우천을 바라보며 진지하게 말했다.

"가서 사과하세요."

담우천의 눈썹이 살짝 꿈틀거렸다.

"내가 왜……."

"사과하세요. 그리고 방금 전에 했던 말도 취소하시구요."

"자하."

"제가 당신의 뺨을 때리는 모습을… 당신 동생분들에게 보여드려야만 하나요?"

담우천은 어이가 없었다.

그러나 자하의 눈빛은 진심이었다. 담우천이 망설이거나 거절하면 확실히 그녀는 조금 전의 소화처럼 그의 뺨을 때릴 기세였다.

담우천은 저도 모르게 주위를 둘러보았다.

다들 다음 순간을 기대한다는 얼굴로 담우천과 자하를 지켜보고 있었다.

담우천은 한숨을 내쉬었다. 그리고 낮은 목소리로 자하에게 속삭였다.

"내가 그렇게 말한 건 다 당신을 위해서……."

"아뇨, 그건 나를 위한 게 아니에요. 오히려 나를 슬프게 만드는 일이죠."

문득 자하의 목소리가 처연해졌다.

그녀는 담우천에게 가까이 걸어가 그의 귀에 대고 소곤거렸다.

"그리고 나를 당신의 동료들에게서 따돌리게 하는 일이에요. 물론 아호와 아창에게서두요. 그러니 두 번 말하기 전에 가서 사과하세요. 나가라는 말도 취소하구요."

담우천은 다시 한 번 한숨을 내쉬었다.

그녀가 이리 말하는 데야 어쩔 도리가 없었다. 한 번 고집을 부리기 시작하면 담창보다 꺾기 어려운 이가 바로 그의 아내였으니까.

담우천은 풀죽은 목소리로 말했다.

"어쩔 수 없군그래."

3. 외롭다

"미안하다."

담우천은 문 옆에 기댄 채 말했다.

소화는 침상에 앉아서 짐을 싸고 있는 중이었다. 담우천이 말을 건넸지만 그녀는 등을 돌린 채 아무런 대답도 하지 않았다.

담우천은 난감한 듯 머리를 긁적였다. 그리고는 잠시 생각하다가 다시 입을 열었다.

"내가 없는 동안 고생한 거 잘 알고 있다. 그런 네게 그런 식으로 축객령을 내리는 건 확실히 잘못한 일이다. 하지만 내 사정도 생각 좀 해 다오."

그제야 처음으로 소화는 등을 돌리고 담우천을 바라보았다.

짐을 싸면서 혼자 꽤 울었는지 눈두덩이 퉁퉁 부어 있었다.

그녀는 담우천을 노려보면서 말했다.

"아이들 앞에서 그런 식으로 말씀하셔 놓고 아저씨 사정을 생각해 달라구요? 도대체 어떤 사정인데요?"

담우천은 한숨을 쉬었다. 그리고는 차분한 어조로 말했다.

"반 년 넘게 헤어졌다가 겨우 만난 아들 녀석이다. 그런 데 제 어미 앞에서 다른 여인을 두고 엄마라고 우기면… 그 어미의 마음은 어떻겠느냐?"

"아창이 몇 살인지 아세요? 그 어린 아이가 한동안 헤어져 있는 바람에 엄마를 잠깐 잊을 수도 있는 건 당연하잖아요. 그걸 이해하지 못하세요?"

"네가 없다면 더 빨리 엄마를 기억해낼 수 있을 것이다."

"그렇다고 절 그렇게 대하는 건 아니잖아요? 시녀나 계집종에게도 그런 식으로 대하지 않겠어요."

"그래서 미안하다고 사과를 하고 있지 않느냐?"

담우천은 머쓱한 표정을 지으며 말했다.

"사과하마. 그리고 아까 말했던 축객령, 취소하지. 그러니까 더 이상 짐을 싸지 않아도 된다."

"됐네요."

소화는 뾰족하게 말했다.

"더 이상 아저씨의 명령 듣지 않을 거예요. 나는 아저씨의 하녀도 계집종도 아니니까요."

"내가 언제 너를 하녀처럼 대했다고 하느냐?"

"그만하세요, 이제."

담우천의 등 뒤에서 나지막한 목소리가 들려왔다. 담우천은 고개를 돌리지 않았지만 소화는 깜짝 놀라며 자리에서 일어났다.

자하가 담우천을 젖히고 방으로 들어섰다.

"미안해요. 제가 대신 사과할게요."

"아, 아니에요."

소화는 어쩔 줄 몰라 했다.

자하는 부드럽게 웃으며 그녀를 바라보다가 이내 담우천을 향해 말했다.

"당신은 그만 나가세요."

담우천이 한숨을 쉬었다.

'가서 사과하랄 때는 언제고.'

하지만 잘 되었다 싶은 마음도 없지 않았다. 담우천에게 있어서 여자를 설득하는 일이란 확실히 제갈원과 싸우는 것보다도 어려운 일이었으니까.

그는 복도를 따라 객청으로 나왔다. 객청에는 무투광자와 이매청풍, 나찰염요가 앉아서 차를 마시고 있었다. 담우천이 차탁 하나를 끌어당겨 앉으며 물었다.

"아이들은?"

"아창은 방에서 자고 아호는 만량 오라버니와 함께 앞마당에서 수련하고 있어요."

나찰염요가 대답했다.

"수련이라. 많이 늘었나 모르겠군."

"많이 늘었습니다."

이매청풍이 대답했다.

"어려서 그런지 가르치는 대로 아무런 거부감 없이 받아들이는데 어찌 실력이 늘지 않겠습니까. 하루가 다르게 쑥쑥 커나가는 게 보일 정도라니까요. 하하. 게다가 익힌 내공심법도 상당히 뛰어나서 벌써 내공이 쌓였다니까요."

장황하게 이야기하는 그의 얼굴에 자랑스러운 기색이 가득 찼다.

담우천은 그 이매청풍의 얼굴에서 자신을 바라보던 교부들의 얼굴을 떠올릴 수 있었다. 어쩌면 이매청풍은 담호를 제자로 여기는지도 몰랐다.

하기야 그 녀석 정도라면 누구나 탐낼 만한 재목이기는 하지.

담우천은 내심 생각하며 입을 열었다.

"호지민이라는 아이는?"

천자산에서 이곳으로 오는 동안 그는 무투광자에게 호지민을 잡게 된 경위에 대해서 들었다. 당시 담우천은 무투광자에게 괜한 짓을 했다고 나무랐고 무투광자는 안 그래도 후회하고 있다면서 머리를 벅벅 긁었다.

"별채에 가둬뒀습니다. 안 그래도 대장이 오기만을 기다렸습니다. 어떻게 처리해야할지 난감한 상태라… 게다가 입담이 얼마나 거친지 상대할 수가 없는 친구라서요."

"죽이지 그랬나?"

담우천의 말에 이매청풍은 물론 다른 이들의 눈도 휘둥

그레졌다.

"대, 대장……."

이매청풍이 할 말을 잃은 듯이 더듬거렸다.

"형님."

무투광자가 진지한 표정을 지으며 말했다.

"소화에게도 그러셨지만 형님, 아무래도 너무 냉정하고 몰인정한 게 아닙니까?"

담우천의 눈썹이 살짝 올라갔다.

"내가?"

"네. 예전의 대장은 이렇게까지 냉정하고 차갑지 않으셨습니다. 아무래도 이번 일로 인해서 대장의 성격이 꽤 많이 바뀐 것 같습니다."

이매청풍의 말에 담우천은 고개를 갸웃거렸다.

"내가?"

"네. 너는 어떻게 생각하냐?"

이매청풍의 갑작스러운 질문에도 나찰염요는 별반 표정의 변화 없이 입을 열었다.

"변할 법도 하지요. 보통 사람이라면 미칠 만한 일을 겪으셨으니까."

담우천은 묵묵히 그들의 말을 들었다.

'내가 변했다?'

변했을까.

아내가 납치당하고 인신매매 조직에게 끌려 다니는 것을 뒤쫓으면서, 그들의 만행과 악행에 분노하고 치를 떠는 동안 나 역시 그들처럼 냉혹해지고 몰인정하게 된 것일까.

아니다.

원래 나는 냉정하고 이성적이었다. 무심한 성격에 인정도 없었다. 적을 죽이는 걸 당연하게 여겼으며 살인에 있어서 단 한 번의 후회도 하지 않았다.

이들은 그런 나를 익히 잘 알고 있었다. 갓난아기 시절부터 함께 지냈던 이들이니까. 함께 생활하고 함께 임무를 수행하고 적들을 해치운 동료들이었으니까.

그런 이들이 지금 나더러 변했다고 하는 것이다. 과연 변한 걸까. 내가?

담우천은 고민했지만 결론을 내릴 수가 없었다.

문득 그는 우울해졌다.

집에 돌아왔는데, 아내를 구하고 아이들과 재회했는데, 오랜 기간 동안 알았던 동료들과 함께 있는데 외려 더 가슴이 답답하고 괴로웠다.

외롭다.

향우이읍(向隅而泣). 한없는 외로움과 절망에 빠지다, 라

는 표현이 담우천에게 있어서 지금처럼 어울리는 말이 될
줄 어느 누가 알았겠는가.

　그랬다. 담우천은 처음으로 외로움을 느꼈다. 자신이 좋
아하는, 자신을 좋아하는 사람들에 둘러싸인 채로.

第十章
천정지애(天情地哀)

그는 장터에서 조금 떨어진 고목나무 아래에서 붐비는 인파 쪽으로 시선을 돌리며 중얼거렸다. 저 많은 인파들 속에 그녀가 있었다.

"세상에, 자하 아가씨라니. 이렇게 공교로운 일이 또 어디 있겠나."

중늙은이는 제 얼굴을 덮고 있던 인피면구(人皮面具)를 떼어냈다. 그러자 중후한 중년 사내의 얼굴이 인피면구 뒤에서 드러났다.

1. 언니 동생

"개자식! 죽여 버리겠다!"

담우천을 보자마자 호지민은 그렇게 소리치며 그의 얼굴을 향해 침을 뱉었다. 담우천은 얼굴을 닦으며 그녀를 살펴보았다.

초췌한 얼굴에 독기 어린 눈빛이었지만 그래도 피부는 좋아보였고 혈색도 나쁘지 않은 듯했다.

"하늘에 맹세코 네놈을 죽일 테다! 이 모욕과 굴욕, 반드시 갚아주마! 천 배 만 배로 갚아주마!"

그녀는 독기 번들번들한 눈으로 담우천을 노려보면서

여인이라고 하기에는 전혀 어울리지 않는 욕설을 퍼부었
다.

"나쁘지 않아 보이는군."

담우천은 그런 욕설에 아랑곳하지 않고 중얼거렸다.

"매일 하루에 한 번씩 산책을 시키니까요. 음식도 신경
써서 주고 있습니다."

담우천의 등 뒤에서 이매청풍이 한숨을 쉬며 말했다.

처음에는 죽어도 음식을 먹지 않으려고 했다. 그래서 이
매청풍은 복수를 하기 위해서라면 굴욕을 참을 줄도 알아
야 한다고 그녀를 설득해야만 했다.

또 훗날을 기약하기 위해서 반드시 체력을 보존해야 한
다고, 그러니 주는 음식은 버리지 말고 먹어야 한다고 그녀
를 설득했다.

그제야 비로소 호지민은 음식에 입을 대기 시작했다는
것이다.

"정말 한 대 쥐여 패고 싶은 걸 억지로 참았죠. 얼마나 더
럽고 치사한지. 생각해 보십쇼. 누가 인질의 건강을 위해서
그토록 저자세로 비굴하게 설득한답니까?"

이매청풍은 지금도 이가 갈린다는 표정을 지으며 소곤거
렸다.

담우천은 잠시 호지민의 아래위를 살펴보고는 밖으로 나

갔다.

등 뒤로 호지민의 욕설이 들려왔다. 이매청풍이 뒤따라 나오면서 얼른 문을 닫았다.

햇살이 점점 뜨거워지는 오월의 오후. 그늘이 그리워지는 날씨였다.

별채를 나온 후 마당을 지나 본채로 향하는 담우천의 행색은 깨끗하게 바뀐 상태였다. 이곳 별채에 들리기 전 그는 목욕을 하고 옷을 갈아입은 후 이매청풍이 불러온 의생에게 왼손의 상처를 치료받았다.

그의 상처를 확인한 노의생은 뒤로 나가떨어질 만큼 놀라고 당황해 했다.

"어떻게 이런 부상을 입으셨소이까?"

그는 육십 평생 처음 보는 화상이라면서 매우 조심스럽게 상처 부위를 치료했다.

"새 살이 돋아나야 하는데… 그렇게 될지는 확답을 해드릴 수가 없겠습니다. 만년설삼(萬年雪蔘) 같은 영물이라면 몰라도 일반적인 약으로는 아마도…….

노의생은 담우천의 눈치를 살피며 그렇게 말했다. 담우천은 고개를 끄덕이며 말했다.

"수고하셨소. 치료비는 넉넉하게 드리리다."

노의생은 활짝 웃으며 말했다.

"최대한 좋은 약으로 지어오겠습니다."

그렇게 노의생이 헐레벌떡 제 의방(醫房)으로 돌아간 후 담우천은 호지민을 만나러 별채로 향했고, 온갖 욕설을 들은 후 다시 별채에서 나왔다.

"어떻게 하실 생각입니까?"

본채로 돌아오면서 이매청풍이 물어왔다. 담우천은 생각해 둔 바가 있다는 듯이 곧바로 대답했다.

"눈을 가린 채로 풀어줘라."

"바로요?"

"아니, 여남 정도가 좋겠군. 아니면 낙양이나. 거기까지 눈을 가린 채로 데리고 가서 풀어줘. 품에 돈 좀 넉넉하게 넣어주고."

이매청풍의 얼굴이 활짝 폈다.

"그렇게 하겠습니다. 하기야 저 어린 꼬마 계집을 죽여봤자 무슨 소용이 있겠습니까? 괜히 꿈자리만 뒤숭숭해지겠죠. 잘 생각하셨습니다, 대장."

그는 당장이라도 호지민을 풀어줄 것처럼 덩실거리며 별채로 몸을 돌렸다.

아무래도 그녀와 함께 지내는 동안 제법 많은 정이 쌓인 모양이었다.

담우천은 한숨을 내쉬었다.

'광자 녀석, 괜한 짓을 해서 골치만 썩게 만들고.'

그는 내심 투덜거리면서 객청으로 들어섰다. 문득 그의 눈빛이 살짝 일렁였다.

객청에는 세 명의 여인이 앉아서 즐겁게 대화를 나누고 있었다.

자하와 나찰염요, 그리고 소화였다.

소화는 어느새 기분이 풀렸는지 깔깔거리며 말를 하는 중이었고 자하는 부드러운 얼굴로, 나찰염요는 미소 띤 얼굴로 그녀의 이야기를 듣고 있었다.

'도대체 어떤 식으로 설득했기에…….'

죽어도 나갈 것 같던 소화가 저렇게 객청 차탁에 앉아서 즐겁게 이야기를 하고 있는 것일까.

담우천은 새삼스러운 눈으로 자하를 바라보았다. 그녀가 한쪽 눈을 찡긋거리며 말했다.

"동생이 아주 입담이 좋아요. 당신이 북경부에서 활약한 이야기를 들으면서 정말 배꼽 빠지게 웃었지 뭐에요."

동생?

소화도 방긋 웃으며 말했다.

"제 입담이 좋은 게 아니라 유난히 언니들이 잘 웃어주는 거라구요."

언니?

언제 언니 동생 하는 사이가 되었지?

담우천은 저 천변만화, 변화무쌍한 여인네들의 모습에 전혀 적응할 수가 없었다.

그는 한숨을 쉬며 물었다.

"아호는?"

"광자 오라버니와 망량 오라버니와 함께 외출했어요. 일전에 약속했거든요. 돌아오는 대로 아호에게 좋은 무기를 사주겠다구요."

나찰염요의 말에 담우천은 가볍게 눈살을 찌푸렸다.

"무기?"

"네. 슬슬 무기를 들 때가 되었다네요."

"벌써? 너무 빠른 것 아닌가?"

"망량 오라버니가 그러더라구요. 곤봉보다는 검이나 칼을 쥐는 게 나을 시점이라구요."

무기라.

담우천은 턱을 매만졌다.

'흠, 이왕이면 검이 좋을 텐데…….'

그는 자신도 모르게 그런 생각을 하고 있었다.

2. 제자리

어수선하고 혼란스러웠던 하루가 저물고 있었다.

사실 복잡하다면 한없이 복잡할 수 있는 관계의 사람들이 모여 있었다. 적과 인질, 엄마와 가짜 엄마, 연적과 짝사랑의 여인 등등.

하지만 사람들은 그 혼란 속에서도 어느 정도 질서를 찾았고, 그래서 그날 저녁 식사 때에는 모두가 함께 즐겁게 웃으며 음식을 먹게 되었다.

수혈이 풀린 담창은 소화의 무릎에 앉은 채 조금은 불안한 눈빛으로 담우천을 바라보았다. 하지만 담우천은 아이에게 아무런 말도 하지 않았다.

"천천히 일깨워 주면 돼요. 내가 엄마라는 사실은 언제까지 변하지 않으니까요."

자하의 이야기에 수긍한 까닭이었다.

하기야 담우천이 없는 동안 아이들이 정신적으로 매달릴 사람이 아무도 없었던 건 사실이었다.

만약 소화가 그 아이들의 정신적 지주가 되어서 중심을 잡아 주지 않았더라면 아마 아이들은 커다란 공황 상태에 빠졌을지도 모르는 일이었다.

그 정신적 지주를 단번에 바꾸라는 건 적어도 담창에게는 무리인지도 몰랐다.

천천히, 느긋하게 바꾸면 되는 것이다.

자하가 오래간만에 솜씨를 발휘한 덕분인지 음식은 정갈했고 맛있었다.

무투광자와 이매망량들은 형수의 음식 솜씨가 최고입니다, 라는 찬사를 연발했다. 소화도 언니에게 요리를 배워야겠다면서 감탄했다.

담우천 또한 아주 즐겁게 식사를 마쳤다. 낮에 잠깐 그의 뇌리를 가득 메웠던 '외롭다' 라는 생각은 깨끗하게 지워진 상태였다.

텅 빈 접시들을 물리고 술판이 벌어졌다. 자하가 새로운 요리를 들고 왔다. 소화가 그녀를 도왔다. 다들 꽤나 거나하게 취할 때까지 먹고 마셨다.

소화와 자하는 아이들을 방으로 데리고 갔다. 무투광자로부터 제 키만 한 검을 선물로 받은 담호는 침상에 누워서까지 검을 품고 자겠다고 떼를 썼다.

"아직 날을 세우지는 않았지만 그래도 위험하단다. 어디 도망가지 않으니까 한쪽으로 치워두렴."

자하는 부드럽게 말하며 소년의 이마에 입술을 맞췄다. 담호는 순순히 검을 내주며 말했다.

"그렇죠? 이제는 그 누구도 내 곁을 떠나지 않겠죠?"

일순 자하의 눈빛이 흐릿해졌다. 하지만 그녀는 이내 활짝 웃으며 고개를 끄덕였다.

"당연하지. 누가 네 곁을 떠나겠니?"

담호는 만족한 답변을 들었다는 듯이 빙긋 웃고는 이불을 덮었다.

자하는 바로 옆 침상으로 몸을 돌려 담창에게 말했다.

"잘 자렴, 아가야."

담창은 머뭇거리다가 말했다.

"엄마 아냐."

자하는 빙긋 웃으며 말했다.

"잘 자렴, 아가야."

담창은 울 것 같은 눈빛으로 소화를 쳐다보았다. 소화는 그저 웃을 뿐 아무런 말을 하지 않았다. 자하가 문득 낮은 소리로 자장가를 부르기 시작했다.

담창의 눈이 휘둥그레졌다. 자하는 담창을 다독거리면서, 갓난아기였을 때부터 늘 들려주었던 그녀만의 자장가를 흥얼거리듯이 불렀다.

담창은 저도 모르게 중얼거렸다.

"어, 엄마……."

소화는 자하의 자장가를 들으며, 담창의 중얼거리는 소리를 들으며 미소를 머금었다.

하지만 가슴 한 구석이 쓰린 듯 아려오는 건 어쩔 도리가 없었다.

영원히 끝날 것 같지 않던 술자리도 결국 파했다. 다들 술에 취한 채 비틀거리며 제 방으로 들어갔고, 담우천과 자하 또한 방으로 들어갔다.

침상에 누운 자하는 조금 전 담창에게 자장가를 불러주었던 일과 담창이 그녀에게 엄마라고 불렀던 이야기를 자랑스럽게 말했다.

담우천은 자하의 이야기를 들으면서 그녀의 머리카락을 매만졌다.

그녀 역시 목욕을 한 후라 좋은 향기가 흘러나왔다. 담우천이 팔을 내밀자 그녀가 그의 품으로 들어왔다.

"이제 원래대로 된 거야, 모든 게."

담우천이 말했다.

"그래요. 다들 원래 있던 자리로 되돌아왔어요."

그녀가 소곤거렸다.

담우천은 가만히 그녀의 이마에 입술을 맞췄다. 그녀가 눈을 감았다. 담우천의 입술은 그녀의 이마에서 눈으로, 다시 볼로 향했다가 그녀의 보드랍고 도톰한 입술을 덮쳤다.

그녀의 입이 열렸다. 담우천의 혀가 그녀의 혀를 희롱하기 시작했다. 그녀가 담우천을 끌어안았다. 담우천은 그녀를 보듬었다. 점점 열기가 뜨거워지기 시작했다.

"아아······."

그녀의 입에서 단내가 흘렀다. 담우천은 그녀의 가슴에 입을 맞췄다.

담우천의 손이 그녀의 옷을 천천히 벗기기 시작했다. 그녀의 몸이 떨리기 시작했다.

알아차릴 수 없을 정도로 미미하게 떨리던 그녀의 몸은 시간이 흐르면서 격렬하게, 마치 학질이라도 걸린 사람처럼 부들부들 떨었다. 담우천이 놀라서 그녀의 가슴에서 입을 떼고 그녀의 아랫도리에서 손을 치울 정도로, 그녀는 경련을 일으켰다.

그녀의 몸이 경직된 건 바로 그 순간이었다. 부들부들 떨며 경련을 일으키던 그녀는 갑자기 시체처럼 혹은 썩은 고목나무처럼 온몸을 경직했다. 그녀의 전신이 딱딱하게 굳어졌고 살갗에 닭살 같은 소름이 올랐다.

"왜 그래?"

그녀의 변화가 심상치 않음을 느낀 담우천이 걱정스레 물었다.

그녀는 눈을 감은 채 입술을 깨물었다. 그리고는 흐느끼듯 조용히 속살거렸다.

"미, 미안해요······."

"뭐가?"

"안 되겠어요. 미안해요. 정말 미안해요."

그녀는 울먹이고 있었다. 담우천은 그제야 알 수 있었다. 정사(情事)를 나누기에는 아직 그녀의 정신과 육체가 완벽하게 제 자리를 찾지 못했다는 사실을.

'그렇군. 내가 너무 성급했다.'

담우천은 그녀의 볼을 어루만지며 말했다.

"아니, 미안한 건 나다. 미안해할 것 없다."

"미안해요."

담우천은 어떻게 위로를 해야 할지 고민하다가 그녀를 꼭 껴안아 주면서 말했다.

"그런 말 하지 말자, 우리."

그녀는 더 이상 말하지 않았다.

하지만 그녀는 울고 있었다. 담우천의 가슴이 찢어지는 것만 같았다.

그녀를 울린 자들을 용서할 수 없었다. 이렇게 그녀를 떨게 만들고 경직하게 만든 자들을 가만 놔둘 수가 없었다.

모두 죽이겠어.

담우천은 그렇게 생각하다가 문득 낮의 대화를 떠올렸다.

─변했어요, 대장.

변한 것일까. 그래, 변했을지도 모른다.

예전에는 나만 알고 내 자신을 가장 중요하게 생각했지만 지금은 다르다.

내 아내가 더 중요하고 소중했다.

그러니 내 아내의 눈에서 눈물이 나게 만든 놈들, 그자들의 눈에서는 핏물이 흐르게 될 것이다. 혈검수라의 이름을 걸고 맹세하리라.

담우천은 그렇게 중얼거리며 자하를 다독거렸다.

'미안해요.'

자하는 미안하다는 말을 벌써 몇 번이나 속으로 되뇌었는지 몰랐다.

하지만 그럴 수밖에 없었다.

담우천의 애정이 가득 담긴 애무를 받으면서 소름이 끼친 건, 담우천의 부드러운 손길이 그녀의 아랫도리를 매만질 때 격한 구토가 일어난 건 모두 그녀 자신 때문이었으니까.

마음은 전혀 그렇지 않은데 몸이 그녀의 마음을 따르지 않았다. 아니, 그녀의 마음조차 그녀의 뜻대로 움직이지 않았다.

다른 사람도 아닌 자신의 남편의 입술이고 손길임에도 불구하고 그녀의 몸은 마치 낯선 남정네가 만지는 것처럼 경련을 일으키고 경직하고 있었다.

그리고 영원히 지워버리고 싶은 기억들이 남편의 입술과 손길에 의해서 되살아나는 것이다. 담우천을 받아들이려는 그녀의 의지와는 상관없이.

자하는 길게 숨을 들이마셨다. 그리고 자신이 담우천에게 말했던 걸 떠올렸다.

'천천히, 그리고 느긋하게.'

그렇게 제자리로 돌아가는 거다. 그렇게 잊어버릴 건 지워버리는 거다.

하지만.

그녀는 담우천 모르게 눈물을 닦았다.

시간이 별로 없잖아, 내게는.

그녀는 가슴이 아파서 담우천의 품속을 파고들며 잔뜩 몸을 웅크렸다.

담우천이 그녀를 부드럽게 안아주었다. 그래서 더 미안한 생각이 드는 자하였다.

'사랑해요.'

자하는 속으로 중얼거렸다.

'…그리고 미안해요.'

천정지애(天情地哀), 애정은 하늘에 닿는데 슬픔은 땅 위에 가득 차 있었다.

그게 자하의 지금 심정인 것이다.

3. 아가씨?

담우천이 장원으로 되돌아온 지도 닷새 가량이 흘렀다. 어느덧 오월의 햇볕이 뜨겁게 내리쬐기 시작했다.

그동안 담우천과 자하는 이곳 생활에 어느 정도 익숙해졌다. 자하는 나찰염요와 소화와 어울리며 장을 보기도 했고 요리를 가르치기도 했다.

반면 담우천은 느긋한 시간을 보내고 있었다. 하루에 한 번씩 노의생이 찾아와 손을 치료하는 시간을 제외하면 무료하다고 할 정도의 여유를 누리고 있었다.

이매청풍과 만월망량은 마차 한 대를 빌려 호지민과 함께 여남으로 떠났다. 담우천의 지시대로 그곳에서 호지민을 풀어주려는 여행이었다.

아마도 호지민은 그대로 물러나지 않을 것이다. 천궁팔부의 궁주인 아버지에게 부탁하든 혹은 뭔 짓을 해서든 간에 반드시 복수를 하려고 할 게다. 그러나 이곳 장원은 찾아오지 못할 것이다.

또 갖은 노력 끝에 이 장원을 찾아온다 하더라도 그때는 이미 이곳에는 아무도 없을 것이다. 무투광자와 나찰염요들은 원래의 생활로 되돌아갈 테고 담우천 또한 아내와 자식들과 함께 저 유주 너머 진짜 자신의 집으로 되돌아가 있을 테니까.

하루 종일 객청에 앉아서 차를 마시는 게 일과인 담우천이 가끔씩 자리에서 일어나는 건 담호 때문이었다.

담호는 아침에 일어나서 잠자리에 들 때까지 쉬지 않고 수련했다.

운기조식을 하고 권각술을 펼치고 검을 휘두르는 게 그 어린 소년의 일과였다.

담우천은 자신의 아들이 제 키만 한 검을 휘두르는 광경을 무심히 지켜보다가 가끔씩 자리에서 일어나 마당으로 향했다.

그리고는 담호 곁에서 딴청을 부리는 무투광자를 향해 낮은 소리로 질책했다.

"방금 잘못 휘두르지 않았나? 왜 자세를 교정시켜 주지 않지?"

담호가 지금 수련하는 검법은 태극십이검절(太極十二劍絶)이라는 것으로, 담우천이나 무투광자가 어린 시절 검의 기초를 닦을 때 익혔던 검법이었다.

검로(劍路)의 움직임이나 보법의 흐름, 자세의 이동 등이 당당하고 기품이 있으며 안정적이라서 기초를 닦을 때 익히는 것치고는 상당한 수준에 속하는 검법이었다.

담우천의 말에 무투광자는 고개를 갸웃거리며 말했다.

　"제대로 휘두른 거로 봤는데?"

　"뭐야, 그걸 까먹은 거야?"

　담우천은 살짝 화를 내며 담호에게 검을 받아 쥐었다.

　"봐라, 방금 그건 이런 식으로 펼치는 거다."

　담우천은 담호가 제대로 볼 수 있도록 천천히 움직였다. 그의 검은 하늘을 가르고 그의 발은 대지 위에 우뚝 섰다.

　담호는 눈을 크게 뜬 채 제 아버지의 움직임을 지켜보았다.

　무투광자는 담우천 모르게 슬그머니 웃었다.

　'그래, 역시 형님이 직접 가르치시는 게 제일 낫지. 암, 그렇구말구.'

　무투광자의 속셈을 아는지 모르는지 담우천은 하루에도 몇 번씩 객청 탁자에서 일어나 그렇게 담호의 검을 빼앗아 들고 시연해야만 했다.

＊　　　＊　　　＊

　"아니, 그건 설익은 거야. 사면 안 돼."

　"언니는 어떻게 그렇게 잘 아세요? 속을 들여다보지도 않았는데."

"나도 많이 실패했거든. 다 실패하면서 배우는 거야."

자하의 말에 소화는 그럴 듯하다고 여긴 듯 고개를 끄덕였다.

하지만 그녀들의 대화를 듣고 있던 과일 장수의 표정은 영 못마땅해 보였다.

"저리로 가자."

자하는 과일 장수의 눈치를 살피며 자리를 떴다. 소화는 그녀의 손에 이끌려 다른 곳으로 가면서 과일 장수를 향해 혀를 내밀었다.

"쳇. 사지도 않을 거면서."

과일 장수는 투덜거리면서도 자하가 말한 설익은 과일들을 뒤쪽으로 빼냈다.

닷새 만에 열린 장터는 장사치와 손님들도 정신없이 붐볐다.

자하와 소화는 행여 인파(人波) 속을 헤매다가 서로 잃어버리지 않도록 손을 꼭 잡은 채 장을 돌아다녔다.

지난 열흘 동안 그녀들은 친자매처럼 가까워졌다. 지금도 연신 깔깔거리면서 물건들을 구경하고 사면서 즐거운 시간을 보내고 있었다.

그때였다.

"어이쿠, 죄송합니다."

누군가 자하와 부딪치며 사과했다. 워낙 사람이 붐비다 보니 그런 적이 한두 번이 아니었다.

자하는 가볍게 웃으며 돌아보았다. 장돌뱅이로 보이는 중늙은이였다.

"괜찮아요."

그녀와 부딪쳤던 중늙은이가 고개를 들었다. 일순 중늙은이의 두 눈이 커졌다.

"아, 아가씨?"

"네?"

자하가 영문을 몰라 하며 그를 바라보았다. 이내 그녀의 눈도 커졌다.

바로 방금 전까지 있던 중늙은이가 거짓말처럼 사라진 것이다. 마치 애당초 그 자리에 없었던 것처럼.

"뭐, 뭐야?"

자하가 놀라 중얼거렸다.

"무슨 일 있어요?"

그녀의 손을 꼭 쥔 채 가판대의 물건을 구경하던 소화가 물었다.

자하가 그녀를 돌아보며 되물었다.

"방금 그 노인 분, 못 봤어?"

"무슨 노인이요?"

소화는 영문을 모르겠다는 얼굴이었다.

'내가 착각한 걸까?'

자하는 잠시 생각하다가 고개를 흔들며 말했다.

"아냐, 아무것도."

"참, 언니두."

소화는 피식 웃으며 그녀를 잡아당겼다.

"그나저나 이것 좀 봐봐요. 정말 예쁜 동경(銅鏡)이죠? 우리 하나씩 살까요?"

자하는 그녀의 손에 이끌리면서도 미련을 버리지 못한 듯 주위를 둘러보았다. 돌이켜 떠올려보니 왠지 그 중늙은이의 눈빛이 눈에 익은 것 같았다.

한때 알고 있었던 사람처럼.

"휴우, 큰 일 날 뻔했다."

중늙은이는 가슴을 쓰다듬었다.

"담우천이라는 자가 제 목숨을 걸고 무적가와 싸워 구해내려 했던 아내가 도대체 어떤 처자인지 한 번 보려 했다가 그만 들킬 뻔했지 않은가."

그는 장터에서 조금 떨어진 고목나무 아래에서 붐비는 인파 쪽으로 시선을 돌리며 중얼거렸다. 저 많은 인파들 속에 그녀가 있었다.

"세상에, 자하 아가씨라니. 이렇게 공교로운 일이 또 어디 있겠나."

중늙은이는 제 얼굴을 덮고 있던 인피면구(人皮面具)를 떼어냈다. 그러자 중후한 중년 사내의 얼굴이 인피면구 뒤에서 드러났다.

"이미 오래 전에 죽은 줄 알았는데 말이지. 이것 참… 이걸 보고해야 하나, 하지 말아야 하나. 자칫하다가는 또 한 번의 내분이 일어날 수도 있으니까."

중년 사내는 난감하다는 표정으로 중얼거렸다. 하지만 그는 곧 고개를 홰홰 저으며 말을 이었다.

"아니지. 그걸 내가 결정할 필요는 전혀 없지. 역시 결정은 십삼매가 하는 거야, 나는 그저 본 대로 전하면 되는 것이고."

중년 사내는 그렇게 중얼거리면서 장터 한쪽 귀퉁이를 지켜보고 있었다.

그가 바라보는 곳에는 막 장사치와 흥정을 하고 있는 자하가 있었다. 그녀는 누군가 자신을 뚫어지게 바라보고 있다는 사실도 모른 채 즐겁게 웃고 있었다.

"정말 싸게 샀다니까."

자하는 방금 산 물건의 가격이 매우 만족스럽다는 표정이었다.

소화가 그녀의 팔짱을 끼며 한 마디 했다.

"언니의 미인계가 먹힌 거라니까요."

"에이, 동생의 미인계가 통한 거겠지."

두 여인은 그렇게 웃고 웃으며 담우천이 기다리고 있을 장원으로 발길을 옮겼다. 그 광경을 지켜보던 중년 사내는 적당한 거리를 둔 채 그녀들의 뒤를 천천히 따라갔다.

『낭인천하』7권에 계속…

FUSION FANTASTIC STORY

천중화 장편 소설

세계 유일의 남자

역사를 목격한 적이 있는가.
지금, 세상을 뒤엎을 사내가 온다!

스포츠 만능에, 수많은 여인의 애정까지…
골프계를 뒤흔드는 골프 황제 김완!

그런데 이 남자의 향기가 심상치 않다.

할머니의 비밀과 부모의 죽음.
그에게 전해진 사건들이 이 남자를 뒤흔들고,
이제 그의 행보가 세상을 움직인다!

『세계 유일의 남자』

평범한 남자라고 생각했는가?
천만에! 이자는… 세계 유일의 남자다!

Book Publishing CHUNGEORAM

유(柔)이 아닌 자유추구
WWW.chungeoram.com

FUSION FANTASTIC STORY

죽은자들의왕

페리도스 퓨전 판타지 소설

공전절후! 쾌감작렬!
청어람이 선보이는 판타지의 신기원!

『죽은 자들의 왕』

대륙 최고의 어쎄신 길드 블랙 클라우드.
어느 날 내려진 섬멸 명령으로 인하여 하루아침에 멸망했다.

그러나…….

"오랜만이다, 동생아."

어릴 적 헤어진 동생을 찾아 국경을 넘은 그레이너.
그러나 동생은 죽음의 위기를 겪고,
이제 동생의 모습으로 새로 태어난 그레이너가
모든 음모를 파헤치며 나아간다.

**사라졌다 여겨진 전설이 끝나지 않고,
이제 대륙을 뒤흔드는 폭풍이 되리라!**

Book Publishing CHUNGEORAM

유행이 아닌 자유추구 -
WWW.chungeoram.com